ヨグ=ソトース戦車隊

クトゥルー・ミュトス・ファイルズ
The Cthulhu Mythos Files

菊地秀行
Kikuchi Hideyuki

創土社

クトゥルー戦記②

第一章　砂漠と忘却の徒

1

GYYYEEENNN
隠れている梵鐘《ぼんしょう》へ巨大なハンマーを思いきり叩きつけられたような音と衝撃に、真 城守《しんじょうまもる》は我に返った。

何が起った？　と考える暇はなかった。

敵弾が命中し――撥ね返ったのだ。収納ボックスに収めた道具箱は床にぶつかり、テープが剥がれたシュマイザーＭＰ40やトンプソンＳＭＧ《サブ・マシンガン》（短機関銃）、ステンＭｋⅡ等が後を追う。

真城の動きはスムーズであった。

「エンジンかけろ！　砲戦用意！」

鋭く放って、短い鉄梯子を掴んだ。ハッチを開けず、キューポラの基部につけられたペリスコープから後方を覗く。

二〇〇メートルほど離れた地点に、二輛の戦車が見えた。七五ミリ主砲塔の斜め上に、三七ミリ砲塔をくっつけた独特の形状は、グラント中戦車、いや、あの仕様はアメリカ軍だから、Ｍ３リーだ。

「後方右一時にリー二輛、距離三〇〇。停止してから射て」

「了解」

返事はドイツ語であった。

リーの砲塔中央で閃光が走った。身をすくめる暇もなく、同じ響きと衝撃が車内を駆け巡った。

「効くう」

操縦席から英語が飛び出し、

「これはいかん」

機銃手席からはイタリア語だ。

とどめは――

「もう死ぬあるか」

無線手席からは中国語《ペキン》と来た。

「残念だな、まだ死ねんぞ」

と返す真城ごと砲塔が一八〇度旋回する。車体は停止した。

「目標グラント二輌、右側から砲撃」

「射《て》え」

真城の押し殺した叫びと同時に、重い轟《とどろ》きが空気を圧搾した。砲尾がレールを滑って後退、解放された尾栓から空薬莢《からやっきょう》が薬莢受けに排出される。

右のリーが火を噴いた。

「命中！」

伝声しながら、真城は胸がひどく冷たいのを感じた。敵を斃したのに。次弾の装填音が聞こえ、尾栓が閉じた。

二発を射つ前に、二輌目のリーの七五ミリ主砲と三七ミリ副砲が同時に火を噴いた。

砲塔右横を通りすぎる弾丸を、真城は見たような気がした。

「外れた！　射て！」

同じ砲弾のはずが、二輌目は吹っ飛んだ。敵の搭載砲弾を直撃したのだ。他に車輌も飛行機もないのを確かめ、

「敵撃破」

と告げてから、真城は次は何をしようかと思った。

すぐに決まった。

「エンジン停止――全員、車外へ出ろ」

キューポラから脱け出て、真城は他の二つの出入り口《ハッチ》から次々に現れては、彼の前に並ぶ男たちを観察した。

全員が揃ってから、

「おまえたちのことは、全てわかっている」

と言った、

「おまえたちもそうだろう。だが、念のためにはっきりさせておく。現在地は北緯二八度、東経一二度、サハラ砂漠のほぼ真ん中だ。そして、現在《いま》は西暦一九四二年十月×日、午前十一時二十八分。おれは車長の真城守――日本人だ。位《くらい》は中尉。三十丁度だ。ひとりずつ自己紹介をしろ」

日本語の挨拶である。だが、全員に通じるのはわかっていた。

「次」

と真ん前のアメリカ軍の制服姿に声をかける。五尺八寸（約一七四センチ）の真城と同じくらいだから、アメリカ人では中くらいの身丈《サイズ》だろう。肩幅もさして広くない。

「操縦手《ドライバー》兼副長。クロード・バロウ、アメリカ人です。生まれはテキサス。中尉、三六歳」

凄《すさ》まじいテキサス訛《なま》りだということまでわかって、真城は少し驚いた。丁寧な言葉遣いは、自分が副長、真城が車長とわかっているからだ。いや、正確にいうと、決まっているのだった。

「次」

とバロウの隣りを見た。若い。が、でかい。真城の頭の上にもうひとつ——七尺（二一〇センチ）近いだろう。肩幅など真城二人分だ。ぴしりと長靴《ブーツ》の踵を打ち合わせて敬礼し、

「砲手のホフマン・ガルテンスであります。誇り高きナチ党の中央区委員長。二三歳。階級は少尉。総統《フューラー》とナチスの名誉にかけて、一発も外しません」

「次」

無精髭《ぶしょうひげ》だらけの、こちらは真城より頭ひとつ低い小柄なラテン系であった。無表情に、

「ダミアノ・パーゲティ。ナポリ生まれの四〇歳だ。年は上だが位は軍曹。機関銃を担当します。趣味は女」

はっはっはあ、とイタリアン・ジョークを理解したのは、最後のひとり——

「酢蘭淡《サン・ランタン》。北京《ペキン》生まれの中国人あるね。年齢《とし》は三七歳。無線担当——位無し」

「どういう意味だ？」

真城が訊き、全員が泥鰌髭《どじょうひげ》の小太りな男を睨みつけた。

「私、軍人ない。民間人あるね。南京近くの村でラジオ屋やってたら、軍隊が通りかかって、協力せんと首を刎ねると青竜刀ちらつかせたのよ。その部隊の無線機修理したら、便利な奴、愛《う》い奴愛い奴言われて村から連れ出された。位くれ言ったら、そのうちやるよ、でそれっきり。気がついたら、ここにいたある。中国軍嘘つき」

ひとりで何度もうなずくたびに、頬の肉がゆれ

る。

「目方は何キロだ？」

と副長――バロウが訊いた。

「おまえ、私に興味あるか？」

「おまえとは何だ？　おれは副長だぞ」

「私、軍人ない。副長など知らん知らん」

「一応、伍長にしよう」

真城が言った。

「民間人がひとりいると色々と面倒だ。いいな」

「良くないある。やはり民間人がいい。民間人民間人」

酢はあわてて抗議したが、バロウは無視して、

「この際だ。諦めろ――で、伍長、副長からの質問だ。何キロある？」

「ざっと三十貫ね」

「ざっと一一二・五キロか。よし」

「何が、よしあるか？」

「何でもない」

バロウは真城をふり返った。何か言いたそうだったが、口をつぐんだ。言うことなどなかったのかも知れない。

「他に仲間の目方を知りたい者はいるか？」

真城が一同を見廻した。

「よし。では一応確認しておく。おれたちの目的地は、北緯一六度、東経二〇度にある〈ツドウヴィグの神殿〉だ。異論はあるか？」

全員が頭を横にふった。

「では――その理由は？」

同じだった。

「ま、いいか。目的地だけはわかっていれば、旅

は出来る。次だ――まず、おれから話そう。いま、リーに一発食らう前までのおれの記憶は、この任務――というより仕事か。これに関するもの以外は全て失われている。おまえたちはどうだ？」

今度はあらゆる首が縦にふられた。

「次。それを知る手がかりを持っている者は？　いま、ポケットを調べてみろ。写真、手紙、何かを思い出す契機になる品はないか？」

小柄なイタリア人が黙って右手を挙げ、

「……」

莫迦でかいドイツ人が同じ手を斜め上空に突き出した。戦車を下りる前からわかっていたらしい。

二人ともサイズは違うが、認識票と金色のロケットを手に取って、蓋を開けていた。

「おれもだ」

バロウの右手にも似たような品が光っている。

「見せろ」

三人は敬礼して右手を真城に向けて差し出した。

真城はパーゲティの品を覗き込み、

「女房と倅か？」

「多分」

イタリア人の返事は短い。

ガルテンスのロケットは、

「私も妻と息子と娘だ――と思う」

三人目――バロウのをひと目見て、真城はとまどった。

「――これは」

「多分、女房でしょう。娘とは思えません」

Jagdtiger

恐るべき肥満体の笑顔を見つめて、

「母親かも知れんがな」

真城はこう言って、戦車のところに戻った。

「家族も見分けられなきゃ、身無し児と同じだ」

と宣言してから、背後の鉄塊を平手で張り、

「ちょっとばかり、贅沢な品と一緒に世の中へ放り出されたがな。初めて見たが、名前は知ってる。重駆逐戦車〈ヤク・タイガー〉だ」

巨大な兵器は静まり返っていた。

「全長一〇・六五四メートル、総重量七五トン、一二八ミリ砲と機銃一《いち》。時速四一キロ。全面装甲二五〇ミリ——どんな連合軍戦車も一発で撃破し得る史上最強の戦車だ」

全員の視線は、演説する車長に集中した。ガルテンスは岩みたいな拳で、箱みたいな胸を叩いて

自信満々に一同を見廻し――。急に困惑の表情になった。

「――しかし、こんなものが、なぜここにある？　これはまだ存在していないのだ」

一同の顔が、かすかに動いた。うなずいているのである。ナチ党員の言うことは彼らもわかっていた。

〈ヤク・タイガー〉が戦場に投入されるのは一九四四年末である。先行のタイガーⅠ・Ⅱ型を凌ぐ無敵戦車ではあるが、Ⅰ型は、一九四三年までアフリカ戦線には登場せず、Ⅱ型は製造されていない。

考えてみれば、途方もなく異常な状況であった。連合国、枢軸国《すうじくこく》側の人間が、影も形もないはずの車輌に乗り込み、それだけは確実な目的地をめざして進もうとしているのだ。しかも、誰ひとりその理由を知らないと来た。

「一応、確認しておく」

と真城は、前方に眼を向けた。〈部下〉たちを、ではない。彼が見たものは、落々と広がる黄色い荒野だった。

「おれたちは、おれたちの頭じゃ理解できないものの手で、ここへ送り込まれた。存在してない戦車がその証拠だ。そして、これは契約に基づく行動ってことになる。契約した相手はヨグ。そして、その赤ん坊の親の名はヨグ＝ソトース。どういう存在かはみなわかってるはずだ。人間が生まれる遥かな太古に、この星を支配していた〈旧神〉のひと柱だ。ヨグもヨグ＝ソトースも同一人物――というか〈旧神〉だろう。おれたちは何らかの条件で、赤ん坊を送り届ける契約を結んだ。とりあえず行くしかねえが、そんな得体のしれねえ奴の言いなりになるのは真っ平だって気骨のある奴は、止めやせん。いま名乗り出て離脱しろ。リーが来るくらいの場所だ。一日我慢すりゃ、英軍か独軍が拾ってくれる」

一同は顔を見合わせ——動かなかった。

「無しか。やっぱりな」

真城はうなずいた。

「おれもこんな境遇は真っ平だ。タイガーを駆って独軍の陣地へ逃げこみたいところだが、そうしちゃならんって気がするんだな。前進するしかない——おまえらもそうか?」

「そうです」

ガルテンスの声が風に乗った。後はうなずいたきりだ。

「よし」

と真城もうなずき、

「バロウ——おれが死んだらおまえが指揮を執って神殿まで行け。おれはちと逆らってみる」

前進するしかないと言いながら、自らの意志を見えざる手に委ねるのを潔しとしないのか、日本人戦車長は恐れる風もなく、もと来た方へ歩き出そうとした。

「待って下さい——車長!」

ガルテンスが叫んで、後方を指さした。

「車長がいなくなったら戦車は動きません。肝試しなら、この豚にさせましょう」

「何言うか、ナチ公」

逆上したのは酢であった。

「偉そうに言うな。私は民間人。命令されるいわれはないあるね」

「おまえはもう軍人だ――酢蘭淡伍長」

真城はふり返って凄んだ。

「あ」

「上官の命令に逆らうとは許されん。だから命じる。これはあくまでも軍事的行動だ。黙って見ていろ」

肩をひとつゆすって文句は許さんと告げ、真城は歩き出した。

灼熱の太陽の下で、その姿はひどく孤独に見えた。

「イヤな予感がする」

とガルテンスがつぶやいた。

「みんなそうだろう。車長だってそうだ。なのに、あの人はなぜ――」

「おれが行っても良かった」

バロウの声が、三人を引きつけた。

「おまえたちもそう思っているだろう。隠すな。しかし、それは自殺行為だ。なのに、みなどうしてそんな真似をしたがる？　おれたちが死にたがる理由はなんだ？」

返事の代わりに別の事態が生じた。

真城が立ち止ったのだ。

タイガーから五、六メートル離れた地点であった。

2

何かが起こる。起こらねばならない。神様が起こす。消えてしまうんじゃないか。燃え上がるんじゃないか。別の何かに変わる。溶けてしまう。

だが、真城はすぐにふり返った。そして、こちらへ戻って来た。気難しい表情は緊張のせいだろう。瞳には全員の顔が映っている。

あと一歩でぶつかる、というところで真城は足を止めた。驚愕が顔を埋めた。はじめて彼らを見たとでもいう風な。

そのとおりだった。

「――お前ら、どうして？」

それから左右と――身体を捻って後ろを向き、又戻って、

「おれは――真っすぐ歩いていなかったか？」

「いや、歩きました。そして、戻って来たのです」

バロウは指をさした。

「あそこからです。今度は自分が行ってみます」

「よすあるね」

酢が止めた。同じ連合軍同士だからだろう。

「大丈夫だ。戻ってくるだけなら害はない。――よろしいですか、車長？」

この辺は軍人である。

「達者でな」

と真城は答えた。

バロウは恐れ気もなく歩き出し、たちまち、真城と同じ地点に到着した。

「ん？」

みなが眉を寄せた。

越えた。とまどったのか、バロウはいったん立ち止まった。白い霧がその姿を包んだ。彼は垂直に倒れた。

「いかん——みな、動くな！」

ざわめく一同にこう叫んで、真城がとび出した。

バロウの横に片膝をついて、

「全身から塩を噴いてやがる——いきなり摂氏一〇〇度か。——どうした？」

息はある。眼も開けている。返事くらいは出来るだろう。バロウは干からびた唇をぼそぼそと動かして、

「わからない。あそこを一歩越えた途端、身体が熱くなって——水をくれ」

「酢——水だ」

戦車の方を向いた眼の前に、

「はいな」

ドイツ軍の水筒が差し出された。酢が尾《つ》けていたのである。

「動くなと言っておいたはずだ。軍法会議だぞ」

受け取って、キャップを外し、バロウの唇に押しあてた。唇はひび割れていた。ひと口飲ませてから放し、

「ゆっくり飲め」

「わかって——ます」

灼熱の下での乾きは、人間の代謝機能を極限まで低下させる。そのとき、大量の水分を補えば、代謝機能は回復する前に破壊されてしまう。待つのは心臓麻痺だ。

ふた口で、バロウは回復した。

立ち上がるのへ肩を貸し、三人は残りの二人の下へ戻った。

「おれたちの神様は気が短いらしい」

バロウを酢とパーゲティに任せてから、真城は虚空を仰いだ。

「一瞬のうちに体内の水分を死なない程度に蒸発させた。二度は甘やかしてはくれんぞ。そのつもりで行け」

彼が下すどんな指示や命令よりも効果がある指摘だと、うなずく四つの表情が示した。

「全員乗車」

把手に手をかけた真城へ、

「装備の点検はいいのですか?」

とバロウが訊いた。

「でかい車だが、大半は砲弾と燃料です。しかも、水と食料はせいぜい一日分です。。補給車なしで一〇〇キロ近く行けるわけがありません」

「あと一〇〇キロ進んだら考えよう。ここはまだ――」

真城はじろりとアメリカ兵を見て、

「連合軍の陣内だ」

それから、やって来た方へ顔を向けた。

黒いすじが二本、細々と天へ昇っていく。

真城は眼を閉じた。二秒ほどそのままでいてから、砂まみれの車体を昇りはじめた。

砲声を聞きたかったのかも知れない。

真城の「知識の箱」に収められていたかどうか。

彼らの進むべき砂漠《サハラ》の後方――地中海に面した北アフリカの都市は、この一年、巨大なる戦火の跳梁《ちょうりょう》に苦悩していたのであった。

世にいうアフリカ戦線とは、一九四〇年九月、ヨーロッパ戦線におけるナチス・ドイツの圧倒的な勝利に、終戦後の自国の影響力の弱体化と、結果としての領土獲得の不可を怖れたイタリア首相＝ベニート・ムッソリーニが、イタリア領リビアの自軍に、エジプトへの侵攻を命じたことに始まる。当時エジプトは、ヨーロッパにおけるナチスの唯一の敵――イギリスの支配下にあった。

だが、もっぱらその国民性によって、士気や装備の質が決して高いとはいえぬイタリア軍は、歴戦のイギリス軍に各地で撃破され、たちまち後退を余儀なくされる。戦闘そのものは、ムッソリーニが英仏への戦いを宣言した六月からすでに開始されていたが、ここにおいてもイタリア軍は敗北を重ね、リビアへ侵入したイギリス軍によって、瞬く間に戦車一二輌、飛行機二五〇機、潜水艦一〇隻を破壊された上、二二〇名以上を捕虜にされている。戦闘における彼我《ひが》の差は歴然であった。イタリア軍の弛緩《しかん》ぶりは、同年六月二十八日にその頂点を極める。戦場を飛行中だったリビア総司令官兼総督＝イタロ・バルボ空軍元帥が、敵機と誤砲した自軍に撃墜されてしまったのだ。

イタリア参戦の時点で、さしたる期待も抱かず、アフリカへの欲望も有していなかったふうのヒトラーも、八月に開始したイギリス本土への大空襲――いわゆるバトル・オブ・ブリテン――が失敗に終わった時点で、アフリカへの橋頭堡《きょうとうほ》確保及び、地中海に展開するイギリス空陸軍の殲滅《せんめつ》が、イギリスの講和への呼び水になるのではないかと考え、イタリアのエジプト侵略を傍観《ぼうかん》、必要に応じてドイツ軍の派遣までを視野に入れはじめた。

やがて、イタリア軍の体《てい》たらくぶりが露見するに及び、彼はついにイタリア軍獲得のために、自軍を北アフリカへ向かわせる。その指揮官に任命された人物こそ、ドイツ軍の栄光と悲劇を一身に背負う戦術の天才——エルヴィン・ロンメル中将であった。

北アフリカ戦線の舞台はそれほど広くはない。アフリカと呼ばれながら、戦場は地中海沿岸のリビアとエジプト——トリポリからアレキサンドリアに亘る東西三〇〇〇キロの帯状地帯に過ぎない。

戦史的に見れば、ここはアメリカ軍が枢軸国と矛を交えた最初の戦場であり、イタリア侵攻の足がかりとなる土地であった。人類発祥の天地に戦車は躍り、戦闘機は舞って、希臘《ギリシア》の艀《はしけ》と羅馬《ローマ》の軍船が艶《あで》やかに入り乱れた地中海に戦艦は吠えた。

だが、真に世界の命運を懸けた戦いの場はここではなかった。

それは歴史の語る戦場から南へと下った。不毛の大砂漠の真っ只中にあり、一輌の戦車と数名の男たちがその戦いを担っていた。

そして、人間の戦史を綴るもののペンは、別のインクでこう書きつけた。

〝それは人間と〈神〉との戦いである〟と――

こう加えれば、完璧だ。

〝取るに足らない戦いにうつつをぬかす者たちも、そのことを知っていた〟

と。

基地を発ってから十七分と少しで、エバンス少尉は二条の黒煙を確認、じき、炎上中のリー戦車二輌を発見した。

その地点を基地へと送信し了《お》えたとき、上空の僚機《りょうき》が火を噴いた。

愕然とふり仰いだ瞳に、炎に包まれた〈ハリケーン〉と、そのかたわらを急降下していく鍵十字《ハーケン・クロイツ》のマークが映った。

「〈メッサー109〉だ！　逃げろ！」

マイクに叫んだ。

もう一機の搭乗員は、飛行時間二十時間と少し、戦闘経験ゼロの青二才だ。飛行機の性能でも戦闘テクでも及ぶはずがない。

了解と反転した〈ハリケーン〉を、下方から斜めに走る火線が貫いた。

「糞ったれ」

紳士の国の出身とは思えぬ叱咤《しった》を放って、エバンスは降下に移った。〈ハリケーン〉の全装備重量は三三〇〇キロ、〈メッサーシュミット109〉――正しくは〈Bf109―Trop〉は二五八六キロ。急降下でならこちらに分がある。上昇中に僚機を落とした相手はいま、上空で方向転換した

Messerschmitt Bf 109

ところだ。逃げ切るのは可能だった。

武装は向こうが二〇ミリ機関砲二門、七・九二ミリ機関銃二門、こちらも二〇ミリ二門、七・七ミリ二門と互角の新型だ。ただし——。

眼の隅に〝14〟の文字が黄色く点滅中であった。

敵の機体に描かれたナンバー——それは、

「〝アフリカの星〟か!!」

戦慄の刃はすでにエバンスの首に突き立てられていた。

地上四〇〇まで降下し、水平飛行に移った。敵も約五〇〇後方をついてくる。

「なぜ射って来ない?」

思わず口を衝いた。冷気が足から這い上がって来る。

「速い」

と呻いた。

「――こいつは、109のEじゃない。新型が入ったと聞いたが、それか!?」

だとしたら、すぐに追いつかれてしまう。射たない理由など考えている場合ではなかった。

「やってやるぜ、〝アフリカの星〟」

思いきり操縦桿を右へ倒し、押し寄せるGに耐える。何処かで反転し、敵の背後に付けば、後は二〇ミリ頼みだ。幸い、ドイツのメッサー使用法の核は、一撃離脱。格闘戦は〈ホーカー・ハリケーン〉に一日《いちじつ》の長《ちょう》がある。エバンスは四機を撃墜していた。

「そおれえええ」

叫びが、敵の追尾をふり切ったようであった。

ふり向く視界からメッサーが消えていた。

「よし！」

〈ハリケーン〉は上昇に移った。

衝撃がエバンスの後頭部を貫いて鼻の下から抜けた。

エンジンから炎と黒煙を吐いて墜ちてゆくイギリス機を見届け〈メッサーシュミット〉は北西へ機首を転じた。

その姿が見えなくなる前に、必要な情報は必要とする場所へ打電されていた。

通信係から届けられた電文を読んで、エルヴィン・ロンメルはかたわらのバイエルライン参謀長に、

「リー戦車が二輛やられたそうだ。この地点に我が軍の戦車はいない。どうやら、出たらしいな」

「そのパイロットは、破壊者を追わなかったのか、莫迦者め」

短気で通る参謀長はいつものように岩みたいな拳をテーブルに叩きつけた。コーヒー・カップと中身と砂糖入れが空中に躍った。

「搭乗者はハンス・ヨアヒム・マルセイユ中尉だ」

ロンメルは電文を読み直した。

「〈ハリケーン〉と遭遇したのは索敵任務の途中。燃料切れで引き返す寸前だったらしい。それで三機を葬ったか――大したパイロットだ」

皮肉っぽい上官の笑みに、参謀長は唇をへの字に曲げるしか対抗する術はなかった。やがて、

「ついに来た。しかし、この件は連合軍側も知悉《ちしつ》しておるのですか？」

「ベルリンの総統府によれば、間違いないそうだ」

「しかし――こんなうわついた寝言を……」

参謀長は右拳を左手の平に叩きつけた。遠慮してはいるらしい。両手が激しく震えるのを見て、ロンメルはいかつい顔に眼をやった。

歯ぎしりの音が聞こえた。参謀長の全身がわなないていた。きしむような声が、

「……たわごとだ。総統府の連中は――全員気が狂っている」

ここでひと息いれた。言葉の内容と自分の精神状態を整えたのである。

狂わないように。

結果はこうであった。

「……このアフリカの何処かに、邪《よこしま》なる神を祀る神殿がある？　別の世界に封じ込められたそ

いつの二代目をこしらえるために、誰かがそこへ向かっている？　妄想だ」

3

砂漠《サハラ》というが、常人のイメージにある果てしない砂丘の広がりは、全体の十パーセントにも満たない。

　北アメリカの戦場は、少なくとも戦車にとっては、砂の多い平坦な地面と岩山の果てしない連続だ。砂漠戦はその広大なイメージから海戦にたとえられるが、戦う者たちにとっては、砂が異常に多い、灼熱の――あくまでも陸地の戦いなのであった。

　だが、熄《や》むことのない砂塵《さじん》の襲来と車体に触れた手をたやすく鉄に灼きつける灼熱の気候は、精密機械の集合体ともいうべき戦車及びその他の車輛を容赦なく加熱し停止させ、修理を要求する。恐らく枢軸と連合国――どちらの戦車も、単独では二日の連続走行も不可能だ。だが、自重七五トンの重駆逐戦車は順調に虎の疾走《はしり》を続けていた。

「どうなってるんだ、この戦車は？」

　キューポラから上半身をさらしたまま、真城は車内に向かって訊いた。

「わかりませんな」

　と砲手のガルテンスが応じた。

「あれから八〇キロも難なく走っている。この重さでここまで順調な疾走がこれほど長時間可能とは、まず考えられません。つまり、考えてもわからない」

「米軍のシャーマンなら行けるだろう」

「あんなブリキのオモチャ箱」

地の底――操縦席からバロウの声が瘴気のように上昇して来た。

「独軍《ドイツ》の戦車と遭遇したら、まるでアヒルの子供みたいにやられちまう。もともと敵の陣地の殲滅《せんめつ》と歩兵の支援用だから仕方がないと言や、ないんですが、底にあるのは、独軍の戦車とぶつかる可能性なんてまずないし、出食わしたら運命だと諦めろ――というご立派な用兵思想です」

「これも運命さ、か」

「そのとおりです」

いかついテキサス人の顔に、自嘲の翳《かげ》がかすめた。

「自分もシャーマン乗りでした。それが、独軍の戦車の砲撃を任されてる。このタイガーはまだ存在してないし――何が何だかさっぱりわかりません」

「同感であります」

ガルテンスが言った。

「全備重量七五トン、タイガーⅡやエレファントより重い。しかも、前面装甲何ミリか知っていますか？　二五〇ミリ――二五センチですぞ。砲の口径は一二八ミリ――タイガーⅠ、Ⅱより四〇ミリも大きい。連合軍のシャーマンやパーシングごとき、三〇〇〇メートルの彼方から一発で仕留めてごらんにいれます」

「そのときは、おれが代わってやるよ、ナチ公」

バロウが歯を剥いた。

「言っとくが、いまのところアメリカ軍はアフリカに着いてない。追っかけてくるとしたら、おめえのナチ友達とイタ公だ。飛行機はともかく、戦車ならこいつに勝てる筈はない。安心しろ、みいんなぶち抜いてやるぜ」

「やかましい。ヤンキーめが。自分たちを追ってくるのは連合軍も同じだ。イギリスの戦車をやれるか？　しかも、いちばん使われているリーとグラントはおまえの国のえらい将軍様の名前ではないのか」

　リーとは南北戦争における南軍の名将軍であり、グラントはそのリーを征して北軍に勝利をもたらした猛将だ。この両名の名前を取った戦車は、アメリカからイギリスへ輸出され、そのうちイギリス仕様の品をグラントと呼び、アメリカのまんまをリーと呼んだ。先刻破壊したのは後者である。

「それだ」

　と真城は苦い顔で言った。

「このまま行けば、おれたちは独、伊、英軍を相手に戦わなきゃならなくなる。この後、アメリカが参戦しないとも限らん。敵も味方も入り混じってるわけだ。そのとき、どうするか、覚悟は決めておけ」

「どうなるか、あるね」

　地の底から酢蘭淡の声がした。

「多分、私たちの意志とか無関係に事態は進んでいく。契約した相手は神様ね。私らがイヤイヤ言っても始まらないよ」

　真城は下を向いて言った。

「残念だが、おれの運命を他人に委ねるのは真っ平だ。神様相手でもな。契約は契約だ。約束どおりのことはしよう。だが、どうやるかはおれの意志で決める」

「これは大した戦車長ですな」

バロウが揶揄《やゆ》するように言った。

「神に逆らうか——お手並み拝見といきましょう」

「少なくとも、この神様の名はイエスじゃないぜ」

真城の指摘に、バロウは肩をすくめて、

「わかってます。とりあえず、いまはどんな神様でも結構。七五トンもする化物をこんなにスムーズに走らせてくれるだけでも奇跡なのに、ゲージを見る限り、燃料は満タンのままだ。奇跡を起こせるのは神だけです」


〈ヤク・タイガー〉のエンジンは、従来のタイガーI、II型と等しいマイバッハ液冷V型12気筒ガソリン・エンジン七〇〇馬力である。I型の重量は五七トン、II型は六八・九トン。I型との重量差一八トンを考えればいかにエンジンの負担超過が桁外れか容易に想像がつくだろう。後日、ヤク・タイガー部隊が九〇キロの行軍を丸一日で成し遂げたとき、専門家は歴史に残ると驚倒《きょうとう》した。作戦本部でも三日はかかると想定されていたのである。

しかも、燃費はゼロに等しい。乗員も乗り物も不可思議な存在というしかなかった。

「車長——前方一五〇に人影です」

ガルテンスの叫びであった。

「——二つです」

これを聞く前に、キューポラから身を乗り出した真城の両眼には双眼鏡が当てられている。

殆ど風のない砂の広がりの彼方に、確かにそれは見えた。

――あれだ。

脳が認めた。真城のみでなく全員の脳が。

――だが、おかしい。聞いているのは赤ん坊ひとりだ。女の胸のおくるみがそれか。だが――

「余計な女がいる。全員、油断するな。車外へは機関銃を持って出ろ」

車内へ指示してから三十秒とかからず、巨体は余計者の前方一〇メートル位置に停車した。おくるみに入っているのが、人間とは限らない。史上最強の戦車といえど、覆帯《キャタピラ》に爆弾でもぶつけられたら、行動不能に陥ってしまう。

だが、記憶は確かにその地点だと伝えてくる。

エンジン音が消滅してから、真城は女に向かって声を張り上げた。

「そのおくるみは、ヨグ氏の赤ん坊か?」

乗員以外にも通じるかと思ったが、はたして女は答えず、のろのろと近づいて来た。

「来るな、止まれ。でないと射つ。パーゲティ」

「準備完了」

イタリア語の返事に銃桿《ボルト》を引く音が重なった。

女の足取りは止まらなかった。

三メートルほど進んだところで、真城は射てと命じた。

一二・七ミリ径の銃弾は、女の足下に横一文字の砂塵を噴き上げた。

「――止まらないぞ」

バロウが叫んだ。

「ライフルを貸せ」

突き出されたモーゼルｋａｒ98ｋの銃桿を引いて戻し、肩付けしたとき、女は戦車の前から真城を見上げていた。

碧《あお》い眼は瞬きもしない。鼻から下はヴェールで隠されているにもかかわらず、真城は何か肌があせばむを感じた。冷たい冷たい汗で。

「名前を言え」

真城は胸中の黒い翳を押さえつけるように告げた。

「でないと――その子を射つ」

銃口を下げた。本気だった。それほど不気味なものを感じさせる女だったのである。

女に変化はない。

真城は舌打ちして、自分を指さし、

「真城だ」

と告げ、女を指さした。変わらない。もう一度、同じことを繰り返し、さらに一度――これで駄目なら強引に赤ん坊を奪い取るしかない。

女の口のあたりでショールが動いた。

「シュ……ラ」

嗄れた低音がはっきりと聞こえたのを、真城は不思議と思わなかった。

「シュラ？」

真城は自嘲的な笑みで唇を歪めた。

「修羅か――いい名前だ。だが、おまえのことは、〈契約〉に入ってねえ。このおくるみの中身を見せろ。えーい、口じゃ駄目か」

次にやるべきことは明らかだった。

シャツのボタンを外して胸を開き、おくるみを指さした。

「車長――用心して下さい」

とバロウが声をかけて来た。

「こんな――何もない砂漠のど真ん中に、こいつらどうやって来たのか。赤ん坊はともかく、女の方もまともじゃありませんぜ」

「わかってる」

本当はいま言われてわかったのだが、真城は威圧的な声でごまかした。

今度は一度で済んだ。骨ばった指で、女はおくるみの前を開いて、くるんだものをさらけ出した。

裸の赤ん坊――生後半年、男だ。まず間違いない。その顔さえなければ。

真城は声を失った。

「何だ……そいつは……」

と洩らせたのは、数秒を経てからだ。

赤ん坊の肌の色は人間と同じだが、その顔は醜悪とひと声叫んだら、悲痛のあまり自殺するしかなさそうな代物であった。

異様に長い鼻稜《びりょう》の先には唇のない小さな口があり、だらしなく開いているせいで、内側の黄色い歯並みが鋭い牙の列と確認できた。鼻の両脇に象嵌《ぞうがん》された眼は、これも開けっ放しで、黒い眼球が血を流しこんだような眼窩《がんか》の中で、じっと真城を見上げていた。最も人間離れしているのは、顔から頭部を覆うなめし皮を思わせる濃紺の皮膚で、鱗のような形を構成する溝の下に、存在しない頭骸の内側と思しい器官や神経らしい影が蠢《うごめ》いていた。

そのくせ、身体つきとは別に、理由は不明だが、どこか人間を思わせる印象も強く、真城がモーゼルの引金を引かなかったのは、そのせいと言って良かった。

「酢蘭淡、赤ん坊を受け取れ」

車体前部の脱出孔のハッチが開いて、太った中国人が苦労しながら現われた。

脱出時には、こいつをキューポラから出さなくちゃならんなと真城は考えた。つっかえたら残り全員がおしまいだ。

酢は戦車の鼻先へ移動し、女に両手を差し出した。

女は身じろぎもしない。酢がいると理解していないように見えた。

酢も不気味らしく、ちらと真城の方を窺った。

「取れ」

「あいよ」

やむなく酢は戦車から下りて、女に近づき、躊躇なくおくるみに手をかけた。

「ぎゃっ!?」

叫んだのは酢である。

赤ん坊のふくよかな手が、十倍もふくよかな中国人の手の甲をひっ掻いたのである。

「何するか、この豚児め！」

酢の押さえた手と甲の間から流れる赤いすじが、ひどく鮮明に真城の眼を灼いた。

第二章　ヨグ氏との契約

1

「酢が負傷した。パーゲティ、医療箱を持って来い」

思い切り叫んで、真城はライフルを赤ん坊にポイントしたまま、左手で地面を指さした。

「物騒な餓鬼だな。下ろせ」

女はのろのろと従った。

「ガルテンス——おれと代われ」

返事も聞かず、真城はキューポラから出た。

現れたガルテンスが別のｋａｒ98ｋを赤ん坊に向けるのを見届けてから地上へジャンプし、おくるみに近づいた。

少しもあたたかみのない眼で、それを見下ろし、真城は身を屈《かが》めた。

赤ん坊の手を確かめた。ふくよかな桜色の手と小さな白い爪だ。酢の血も皮膚も付着していない。

抱えて立ち上がり、赤ん坊の顔を見ないようにしながら、〈タイガー〉へと戻った。

「大丈夫か？」

パーゲティと、包帯を手に巻いた酢が、

「スイ」

「ハイ」

と応じた。

「よし、赤ん坊を下へ下ろせ」

「大丈夫ですかね？」

バロウが眉をひそめて見せた。

「この面《つら》だ。多少環境が悪くてもくたばりゃしないだろう」

「違います。我々がであります。これは——神じゃない。黒山羊そっくりな顔——悪魔の申し子です。側に置くだけで、不幸が降りかかって来ます。早いとこ——」

「——何だ？」

睨みつけられ、アメリカ軍人は沈黙した。

「或いはおまえの言うとおりかも知れんがな——契約だ」

バロウは溜息をついてから、おくるみを受け取った。

「失礼しました。契約は守ります」

「乗車しろ」

まずパーゲティと赤ん坊が、続いて酢が乗り込み、真城もキューポラに戻った。

女は黙って立っている。長いこと見ていると、精神に失調が生じそうなその姿から目を逸らして、

「前進だ」

と真城は命じた。

「車長——女は放っとくんですか？」

バロウが異議を唱えた。

「そうだ。ろくに意志も通じない。それに、契約外だ。連れてっても何が起こるかわからん。ここへ連れて来た奴が、元のところへ戻してくれるさ」

「ですが、この暑さで水も無しじゃ二日と保ちま

せん。近くに村でもあるのかも知れません。そこまで乗せてったらどうです？」

「――おまえは何も感じないか？」

「は？」

「赤ん坊を乗せただけで、おれは寒気がする。それとは別に、そこにいて、その女から何も感じないか？」

「――それは……」

「おれは気が滅入って来る。このまま何日もその女が側にいたら、欝病になりそうだ」

「同感であります」

ガルテンスの声が上がった。

「自分もで」

「はい、な」

バロウ以外の返事であった。

「どうだ？」

真城はもう一度訊いた。

「同感です」

ヤンキーでも陰気な声を出すのだな、と真城は納得した。

「前進」

馬力足らずのエンジンは、またも快調なスタート音をたてた。

女のかたわらを過ぎてから、少しして真城は後方を見た。

丁度、〈タイガー〉の排気音の巻き起こした砂塵が吹きつけたところで、黄土色の中にかすんだ細い影は、みるみる濃さを増す砂煙の中に呑み込まれてしまった。

安堵の息を真城は洩らした。

胸は少しも軽くならなかった。

理由は簡単だった。

前方――二〇〇メートルほどのところに、また人影が立っているのだった。

「隊長――人影が見えます」

バロウの声にもとまどいが絡みついていた。

真城は双眼鏡を当て、すぐに下ろした。

「構わず前進しろ」

「――あの女ですか？」

「うるさい、進め」

「了解」

人影が近づき――かたわらを過ぎた。あの女だった。少なくとも同じ服装をしていた。前方を向いたきり身じろぎもしない。真城もふり向かなかった。


そして――数秒後。

また、見えた。

真城は頭上をふり仰いだ。

太陽はまだ燃えている。

「おれの国では、夜半に出ると決まってるが、さすがアフリカだ。真っ昼間に出るか」

どちらにしても、人間ではあるまい。

「ライフルを貸せ」

モーゼルを構えた。

「やめて下さい、車長。民間人かも知れません」

バロウの制止も気にならなかった。

――三回も同じ格好で砂漠の真ん中に突っ立ってる民間人がどこにいる？

五〇――四〇――三〇――

絶対に外さぬ距離で、彼は引金を引いた。

世界最高のボルト・アクション・ライフルの響きはひどく頼りなく聞こえた。

女はぴくりともしない。

「外れたか――まさか!?」

愕然とｋａｒ98ｋを下ろしたとき、急速にスピードが落ちた。

「何をしている？　前進だ」

「それが、急に操縦不能に――原因不明です」

バロウの伝言に揺れる恐怖の叫びを、真城は怒りも笑いもできなかった。同じだったからだ。

〈タイガー〉は停止した。

女の――正しくかたわらに。

「何をしている？　エンジンを――」

再始動させろ、と叫ぶつもりが、気がついた。

「動いてます！」

とバロウが返して来た。どんな表情をしているのか、たやすく想像できる声であった。マイバッハの十二気筒エンジンも、重厚な響きを生産し続けている。それなのに、車体はぴくりとも動かない。

女は石の像のように見えた。

誰も経験したことのない、戦いとは無縁の沈黙が戦車を包んだ。

「契約違反だが、これじゃ履行もできなくなる――上がれ」

声をかけても石のままだ。

「酢とパーゲティ――女を乗せろ」

〈ヤク・タイガー〉の正式乗員は六名。赤ん坊を計算に入れても何とかなる。だが、無気味なだけの乗員というのも前代未聞だろう。

「酢――装填手に配置替えだ。おまえの席に入れろ」

「はい。これも運命ね」

女――シュラナが無線手の席に収まるまで、しかし、十分以上を要した。

装填手席についた酢は、低い声で真城にこう告げた。

「あの女、おかしい。動ける動けないでなく、歩き方を知らないみたいあるよ」


ヨーロッパ総司令官ドワイト・アイゼンハワーのもとへ、予約《アポ》無しの訪問者が訪れたのは、その日の夕刻であった。

別室の秘書が応対し、膨大《ぼうだい》な書類にひとりで眼を通していたアイゼンハワーは気にもとめなかった。

ノックの音が執務室のドアだと気づいたとき、それはすでに開き、アイゼンハワーがそちらを向いたときは、アラブ人のごとき黒い長衣で頭から爪先までを覆った人物が、ドアの前で自分を見つめていた。

ドアの閉じる音がした。

「君は？　――秘書はどうした？」

「眠っておられます。お怒りにならず。私のせいでございます」

急に室内は静まり返り、訪問者の声ばかりが陰々と、しかし鮮明に鳴り響いた。

言いようのない不気味さが身に沁みこんでくるのを感じて、声も出せぬ総司令官へ、

「私は――」

と名乗った。

確かに聞き取ったのに、思い出そうとすると、もう出て来なかった。だが、それで十分だった。

椅子をすすめてから、

「大統領から聞いている。正直、私の頭では受け容れ難い話だが」

「それで結構です。すべてを理解したら、人間《ひと》は発狂してしまうでしょう。あなた方は、やはり、慈悲深い神の造りたもうた作品ですよ」

「と仰っしゃるあなたは？」

アイゼンハワーの眼は鋭く光り、顔全体が歪んだ。正常と狂気、現世と地獄との端境《はざかい》に、突如彼は立ったのであった。

「神の使いです」


男の答えは明快であった。

「邪なる神の？」

「あなた方の神には冒瀆かも知れませんが、我らの神は唯一の存在ではありません。私はその中の幾つかのためにに動いております」

「名前は聞いている。本質的に人間には発音できぬそうだが。――まず、クトゥルー、次いでヨグ＝ソトース、アザトホース……」

「偉大なるクトゥルーは、ルルイエの館で夢見つつ、復活の時を待っております。しかしながら、それ以前にこの世を自らのものと為し、別の宇宙へ拉致せんと企む強敵がいる。私はこの企てを無きものにせんとお邪魔いたしました」

「君たちの神の中にも、政権争いがあるのかね？」

Dwight D. Eisenhower

アイゼンハワーはようやく人心地が戻って来たように感じた。少くとも、ある部分では相身互いらしい。向うもこちらのリングに上がってはいるのだ。

「大統領からは出来得る限りの協力を命じられている。ご要望を伺おう」

男の眼はアイゼンハワーの背後の壁に吸いついた。

巨大な戦略地図が貼ってある。それを見る男の眼が、何故か笑っているような気がして、アイゼンハワーは不愉快になった。世界が二つに分かれての大戦争を、この男は児戯《じぎ》とでも思っているのか。

男はその場を動かず右手を上げて、地図の上の一点を指さした。

それを見もしないのに、アイゼンハワーにはわかった。

「北アフリカの大砂漠——北緯一六度東経二〇度」

と男は低く告げた。アイゼンハワーは動かない。

「ここは生誕の土地です。ある神とその眷属にとって忌わしい存在を生み出す遺跡が数万年の歴史と砂に埋もれています。彼らはそれを目指しているのです」

「彼ら？」

「まだ存在しない戦車《タンク》に乗った人間たちです。彼らはある赤児をその呪われた遺跡へ送り届けようとしている。あなた方の手で彼らの目的を阻止していただきたいのです」

「つまり——赤ん坊を送り届けさせなければい

いのかね？」

「左様」

「しかし、我々が手を下す必要があるのかね？　戦車一台——いかに小さいとはいえ、障害物など無に等しい砂漠だ。空から探せば一発で発見できるだろう。イギリス軍はこのことを知らぬのか？」

「いえ、チャーチル首相はご存知です」

「なら、ドイツとイタリアは？」

「ヒトラー総統は言うまでもありません。ムッソリーニは蚊帳《かや》の外です」

「神なのに独裁者に差をつけるのかね」

アイゼンハワーはようやく一矢を報いたような気分になった。

「だが、イギリスとドイツが追っているのなら、我が国が出向く必要はあるまい。ご存知と思うが、我が軍はいまだアフリカに足を踏み入れておらんのだが」

「ヒトラーは信用できません」

「何故だね？」

この男の話にアイゼンハワーははじめて関心を抱いた。

「彼は今なお偉大なるクトゥルーとヨグ＝ソトースとの間をゆれ動いております。人類史上二人といない大虐殺の張本人などといっても、小さなもんですね」

何ひとつ実体を知らぬ神々の名であった。しかし、アイゼンハワーは全身の血が音をたてて引いていくのを感じた。

2

ヨグ＝ソトース。記憶が確かなら、邪神たちの中でもトップ・クラスの大物だ。人によってはクトゥルーを凌《しの》ぐとも断言する。それとヒトラーが手を結んだ？

「つまり、ドイツ軍に邪神の力が与えられる、と？」

「残念ながらと言いますか、幸いと言いますか、神とはそれ程、お手軽な存在ではありません。彼らは人間に親近感《シンパシー》など破片《かけら》も感じていないのです。そもそも人間という存在を意識しているかどうか」

「ヒトラーがクトゥルーと手を結んだとは聞いている。だが、それを捨ててヨグ＝ソトースとやらにすり寄った理由は？」

「クトゥルーとヨグ＝ソトースは敵対しています――と申し上げると、あまりに人間のレベルに堕した表現になりますが、そうご理解いただく他はありません。この場合、ヒトラー総統はまことに単純でした。強い方を選んだのです」

「ほぉ。クトゥルーよりヨグ＝ソトースの方が強いのか」

訪問者の口元をうすい笑いがかすめた。

「そういう説もありますな。〝大いなるクトゥルー、〈旧支配者〉の縁者なるも、その姿を漫然と窺うにとどまりたり〟。その姿の主はヨグ＝ソトースだと解釈されています。ですが、これはあくまでも人間レベルの価値判断に過ぎません。人間は、いえ、アイゼンハワー総司令官、あなたは神について何をご存知です？」

「何も。しかし、ヒトラーは片方を選んだ。あくまでも人間レベルの思考でな」

「そのとおりです」

「すると、ドイツ軍は赤児の運搬を幇助《ほうじょ》するということになる」

「仰せのとおりです。現に赤児が乗っている戦車は独軍の兵器です。ただし、現存はしませんが」

アイゼンハワーは、なに？　という表情をつくったが、訪問者の次の言葉が疑念をうやむやにしてしまった。

「ドイツ軍がヨグ＝ソトースに加担した以上、彼らの追撃は当てになりません。イタリア軍はそもそも士気というものがない。ここはどうしてもアメリカの力を必要とします」

「しかし、いまから我が軍が参戦しても、赤児はとっくの昔に目的地に到達してしまうだろう」

「そうはさせじの手は打ってあります。ご安心下さい」

またもうす笑いを浮かべる訪問者から顔をそむけ、アイゼンハワーは、最大の疑問をぶつけてみることにした。

「いまだに私は君らの言う〈神〉を信じておらん。もしも、それらが真の神ならば、なぜ後継ぎの運命を人間の手に委ねるのだ？　〈神〉自身がその目的地へ連れていけば済むことではないか？」

「さて、その辺は」

訪問者の声は低くなった。とぼけているなとアイゼンハワーは思ったが、それを口にすることはできなかった。

「星というものの盛衰は、宇宙において、さして変わりません。しかしながら、ごく稀にその生物の中に生じた愚物のために、星自体が腐ってしまう場合があるのです。いま、その愚者たちの最たるものがニューヨークの一地点に集まろうとしています」

「何のことだ？」

訪問者は低く低く、

「霊長類の頂点ごときが支配者面をするのなら、責任は取らねばならないということです。〈神〉はお怒りかも知れません。だからといって、それが自らの後継ぎを人間の手に委ねる理由になるかどうか。まこと〈神〉の御心は我らには窺い知れません」

「それが結論なら、到底、我が軍をアフリカへ赴かせることなど出来んな。兵士たち、兵器、食糧、車両、船——これらを動かすのを一日早めるだけで、どれほどのエネルギーと費用が必要か考えてみたまえ」

「経済の面から見ればそうでしょう。ですが、これはむしろ神学の立場から考えるべき問題です。ダンウィッチでの事件でも、人間はこの星が別の場所へ持っていかれるのを怖れた。しかし、それは〈神の国〉への誘いだったのかも知れませんぞ」

アイゼンハワーは、ダンウィッチ云々の件は知らなかった。だが、そこで想像を絶する何かが起こったこと、この訪問者の言葉に一面の真実が含まれていることは理解できた。

「本題に戻りましょう」

と訪問者は言った。

「正直、あなたたちにしていただきたいことは、さしたる手間も費用も労働力も必要としません。近々お手元に届けられる品を、遺跡に投下していただければよろしい。日時と投下高度に問題はありますが、それはこちらで指示します」

「何だね、それは？」

アイゼンハワーの声は震えていた。彼は心底の恐怖を感じたのだ。

「あと約三年」

と訪問者は言った。

「それが現在用意できます。赤児の戦車と等しく。投下をイギリスではなく貴国へ委ねるのは、統一性を重んじるからです。現在と――三年後と」

「勿体ぶった――失礼、意味ありげな言い方が好きなのかも知れんが、私は気に入らん。はっきり言いたまえ」

「これは失礼」

訪問者はまた笑った。

この男の笑いだけで、胃潰瘍《いかいよう》になりそうだとアイゼンハワーは思った。

「お届けする品とは――」

ここで訪問者は言葉を呑みこんだ。はっきりと恐怖の表情を浮かべて後じさり、壁に背をついて止まった。次の言葉は絞り出すように聞こえた。

「いかん――捜している。ヨグ＝ソトースよ、安らかなれ。過去、現在、未来はともに汝の内にあり。総司令官、いまの話はお忘れ下さい」

ここでアイゼンハワーは顔の汗を拭いた。彼の言葉を耳にしているうちに噴き出したのである。

ついでに顔をひと撫でするると、男はもう消えていた。

アイゼンハワーは天井で廻る送風器を見上げた。暑さのせいで見た夢とは思えなかった。

「ミス・ライデン」

声をかけると、秘書はすぐにやって来た。眠たそうな風はない。

「来客はあったかね？」

きょとんとしている。

「眠っていたか？」

「とんでもございません。いま、うとうとっとしましたが、誓ってほんの一瞬です。警備兵からも連絡は一切ありません」

「わかった――ありがとう」

ドアが閉まると、アイゼンハワーは深々と椅子の背にもたれ、

「北アフリカか」

とつぶやいた。

彼はひと月足らずの後、連合軍十万七千余名をモロッコ他二地点へ上陸させることになる。

「砂漠と遺跡――クトゥルー神話にはふさわしいかも知れんな。ヨグ＝ソトースよ、なぜおまえはここを二代目の生誕の地に選んだ？　戻って教えてくれ、ナイアルラトホテップ」

そして、彼は訪問者の名前を思い出した。


闇が迫っていた。

砂漠の気温は日没とともに急速に低下する。

「止まれ。夜営するぞ」

真城の指示で、全員が戦車を下りた。テントを張り、携帯用コンロでコーヒーをいれる。普段は寝袋で眠る。テントは赤ん坊とシュラナ用だ。

女は一同から離れた地面にしゃがみこんでいた。腕の中の赤ん坊は例によって声ひとつたてないから、生きているのか死んでいるのかもわからない。

「何とか来たな」

真城が話しかけると、バロウがうなずいた。

「正直、こんな役立たずが、砂の中をここまで来れたなんて奇跡に近いです」

彼は車体を見て、

「車体重量七五トン、いくらエンジンが強力でも、真っすぐ一〇〇メートルも走ればパーティを開いてもいいくらいです。それがロールス・ロイスのように快調だ」

「ロールス・ロイスに乗ったことがあるか、アメリカ人？」

酢が皮肉っぽく訊いた。

「うるせえ。ものの譬《たと》えだ。ぐだぐだぬかすと酢豚にしてやるぞ、このデブ」

「ぴー・ぽんぽん」

酢は突き出した尻を叩いて走り出した。バロウの蹴った砂は間に合わなかった。

「確かに奇跡に近い」

寝袋を担いだガルテンスが近づいて来た。

「そもそもこの時点では存在しない戦車なんだ。これがタイガーⅠ・Ⅱやパンサーならわかるが、ヤク・タイガーとはな」

男たちの慨嘆《がいたん》は、この二年後に現実となる。

一九四四年七月から四五年三月まで七七輌が製造されたドイツ最後の重駆逐戦車は、四四年末にアルデンヌ戦と以降の本土防衛線に投入されたものの、その巨体とそれが災いする足廻りの鈍重さゆえに、走行中に支障と故障が続出、これに燃料切れが加わって大半は放棄され、戦後、バーナーによる解体の憂目を見るか、そのままオブジェとして保存されるかという禍福《かふく》ともにあざなう退役を迎えるのであった。

ただし、決して多くはない戦闘時にあっては、その前面装甲二五〇ミリは、連合軍シャーマンM4戦車の七五ミリ砲、M26パーシング戦車の九〇ミリ砲弾を難なく撥ね返し、その一二八ミリ砲が吠えるとき、ベルリンへ迫ったロシアの巨獣＝一二二ミリカン砲搭載JS／2スターリン重戦車さえ一撃で火に包んだという。

「食料も弾薬も満載。しかし、目的地まで戦闘無しならともかく、ドンパチやりながらでは、どちらも足りなくなります。何よりも水です。途中補給は出来るのですか？」

ドイツ人砲手の問いに、真城はうなずいた。

「目的地まで二ヶ所補給所が用意してある――そうだ」

「何処だか書き遺しておいていただけませんか。車長に万一のことがあったら、砂漠のど真ん中で足萎《な》えになってしまいます」

「そうしたいんだが、書けんのだ」

は？　という表情になる二人へ、

「メモしようとすると、思い出せなくなる。いくら頑張ってもいかん」

二人は顔を見合わせたが、

「じゃあ——」

「口頭で願います」

真城は眼を閉じ、記憶を辿った。すぐに開いて、

「駄目だ。出て来ない」

「地図ならどうです？　指さすってのは？」

「やってみよう」

「パーゲティ——地図を取って来ぃ」

とバロウが命じ、早速試してみたが、結果は同じだった。

「おれ以外は、着けばわかるってことだな」

「ヨグ＝ソトースは官僚主義者らしいですな」

バロウが苦笑して、

「しかし、自分の子供にとっちゃ却ってマイナスでしょう。車長が死ぬ場合だってあるわけだからな。〈神〉さまともあろうものが、何故です？」

「今度会ったら訊いてみろ」

真城はこう言って、離れたところにいる女と赤ん坊に眼をやった。酢が世話している。

「親とは似ても似つかないよな」

ガルテンスが、真城の胸の裡《うち》を代弁した。

「全くだ。あのでぶの息子があれか」

真城の言葉に、二人は同時に反応した。

「でぶ？　誰のことですか？」

ガルテンスが、失礼ですが、何をおっしゃってるんですか、あなたは？　という表情で、

「自分が見たヨグ氏は、枯枝の手足をつけた枯木のような老人でした。五〇キロもありません」

と言えばバロウも、

「自分の相手は二メートルを超す大男でした。な

んか歩くのもしゃべるのも、ギクシャクしてた印象が残ってます」

後に酢とパーゲティに質したところ、前者は小太りの中年男、後者はレスラーみたいな大男だと告げた。

3

ヨグ＝ソトース――そのときはヨグと名乗っていたが、邂逅《かいこう》の場所もみな別々であった。
「おれはニューギニアの密林だった。おまえのところの軍隊に押されて逃げる兵隊を支援しようと待機していたら、兵隊の中から彼が現われて――」

「ご多忙のようだから、早速契約といこう」

と、巻いた紙をふってみせた。

きょとんとしていると、突然、頭の中にその文章が閃いた。

一、自分の子供を、アフリカのある場所まで無事に送り届けること。
二、そのための移動手段や必要物資、人員はすべて用意する。
三、子供に関しては、こちらの許可がない限り、選抜されたもの以外、人間を含むあらゆる生物を近づけないこと。
四、任務を途中放棄した場合は、それが負傷、死によるやむを得ざるものでない限り、こちらの裁定による罰を与える。なお、前記一、

二、三の規定に違反した場合も同じとする。

「この後は報酬なんだが、これがわからん。だが、気にならないところを見ると、満足のいく内容だったんだろう。ヨグ氏は、丸めた契約書をふり廻していたが、閃いたのはその中身だとすぐにわかった。だから、戦車から下りてすぐ契約書にサインした。そしたら――ここにいたんだ」

「自分も同じです。フィリピンでした」

とバロウが言った。

「車長、その契約書へのサインは何で書きました？」

「――ペン、だったな。そうだ――羽根ペンだ」

「インクは何でした？」

バロウの声が低くなった。

「インク？」

真城は思い出そうとしたが、上手くいかなかった。

「インク？」

「自分の血ではありませんでしたか？」

青い眼が、表情ともいえる光を放って彼を見つめていた。

記憶が甦った。

彼に広げた契約書と羽根ペンを差し出し、ヨグ氏は

「インクはここです」

言うなり、ペンの先を真城の手首に突き刺したのだ。それは狙いたがわず、動脈を貫き、ヨグ氏は先端から血のしたたるペンを彼に差し出した。

「そうだ、おれは血でサインをしたんだ。傷はペ

ンを抜いた途端に塞がってしまった」

「自分もそうです。場所はポーランドのオシフィエンチム市でした」

ガルテンスが胸を張って言った。

「血の件は覚えていませんが、サインした契約書──あれは間違いなく紙ではありませんでした」

バロウの身体が空気に押し縮められたように緊張した。

あれか？　と彼は訊いた。

「羊皮紙でありました」

「何のこった？」

真城が不審な眼つきで西洋人たちを見比べた。

「これはお判りにならんでしょうな」

とバロウが、少し勝ち誇ったように言った。

「いまなら驚きも吹き出しもしないでしょう。血に浸した羽根ペンで羊皮紙──羊の皮にサインする。これは悪魔との契約です」

「おい」

真城は少しびっくりしてバロウの予言を外した。しかし、すぐに弱々しい表情になって、

「ま、誰が相手でもおかしかねえやな」

「契約は古風で伝統的なものですが、必ずしも悪魔相手とは限りません。ヨグ氏は間違いなくヨグ＝ソトースです」

「どう違うってんだ？」

「さて」

「えーい。おまえはどうだ、黒い森の国？」

「さて」

「けっ、どいつもこいつも」

それ以上の悪態を何とかこらえて、真城は、他

の二人の乗員の方を見た。

「あいつらも同じだろう。だが、報酬を明記しない契約書というのも世間にゃ例がないと思う。それなのに腹も立たないのは、おれたちが納得したからだ。影も形もない報酬にな」

「何ですかね、それは？」

バロウが訊いた。

「わからん。だが、この状況から考えて、かなりのものだろう」

「後で大金が手に入るとか？」

「戦場にいる者が、金を条件にするものか」

「絶対に死なない――幸運」

「それなら、戦車も余計な人数もいらん」

バロウはふうむと唸って肩をすくめた。

つぶれた呻きが二人をかたわらに向かせた。


ガルテンスは仁王立ちで頭を抱えていた。

肉体的な痛みより精神的な苦悩が彼を苛《さいな》んでいるのはひと目でわかった。半眼に開いた眼の先には地獄がある、と真城は思った。

「どうした？」

彼の問いにドイツ人砲手は、

「おれはやりたくなかった」

とつぶやいた。答えではない。放言のようなものだ。

「大佐に放り込めと言われたんだ。逆えなかった」

口笛そっくりな苦鳴が唇から洩れた。蹲ったドイツ兵のもとへ、二人は顔を見合わせてから駆け寄った。

その眼前で、発条《バネ》仕掛けの人形が跳ね上がった。

「どうした？」

ガルテンスはみなの顔を見廻した。

「何を言ってるんだ、貴様は？」

喚くバロウを真城が押さえた。ガルテンスの表情を睨んで、

「無駄だ、忘れている」

と言った。

「何——何をでありますか？」

とガルテンスが訊いた。

「何でもない。おまえ、何かの発作を起こしたことは？」

「は。ときどき猛烈な頭痛が襲います」

直立不動で答えた。

「まさか、てんかん持ちじゃあるまいな？」

「いえ、そのとおりであります」

「てんかん持ちが、どうして兵隊になれたんだ？」

真城は呆れ返った。

「どうしても、戦場に行きたかったのであります」

「おれもそうだ。だが、いいか。〈神〉さまはおまえの病気まで面倒を見てはくれん。戦闘中に発作を起こしたら戦死と見なして即座に放り出すぞ」

「承知いたしました」

これも胸を張って敬礼であった。

苦笑を浮かべ、真城は二人に食事を摂れと命じて、赤ん坊と女のところへ行った。

女は赤ん坊を抱いたまま身じろぎもせず、酢がスプーンでミルクを与えていたが、山羊そっくり

の顔は、そっぽを向きっ放しだ。

「どうだ？」

声をかけると、

「全然、飲みません。駄目あるね」

「母乳はどうだ？」

「私の言うこと、すべて無視あるね」

と酢は唇を歪めた。

真城は女を見た。こちらも母乳どころか少しも食事を摂らないのだ、と酢はぶつぶつ言った。

「このままだと二人とも死ぬあるね」

「そう思うか？」

「否」

灼熱の砂漠を戦車より早く動ける女だ。食物の摂取など生命の維持に大した地位を占めるとは思えない。赤ん坊だって、一切の飲み食いを拒否していて、いままでもつはずがない。

酢に行けと告げて、真城は女のかたわらに片膝をついた。

「おまえが何者かは知らんが、関係者なのは間違いない。おれの言うことがわかるか？　ここは正直に頼む」

おお、鉄板が曲がるのはこんな感じか――女は、確かにうなずいた。

「よし、これで一緒に行きやすくなった。その赤ん坊に名はあるのか？」

ぎぎぎ、と首が右を向き、左へとふり戻った。

「――無し、か。父親はヨグ＝ソトースだな？」

「……」

「その辺の事情はわかってる。人懐っこい〈神〉さまだな」

最低限の反応を期待しての質問だったが、女の顔は鉄のままであった。

「では質問を変える。おまえのことは何も聞いていない。何者だ？」

これもか、と思ったが、女の分厚い唇が痙攣するように動いた。

「こ……も……り……」

「こもり？　――子守りか？　誰にここへ送られた？」

そんなことが出来るのはヨグ＝ソトースしかいないとわかっていても、何か似たような奴の仕業ではないか、とつい考えてしまう。

「ひとり……で……き……た……」

「自分でか？　どっから？」

「とお……い……と……こ……ろ」

「何処だ？」

「……」

「だんまりか。おれはおまえもヨグ＝ソトースの仲間だと考えてるんだ。少なくとも、同類だろ？」

「……」

「ヨグ＝ソトースの餓鬼の守《も》りをしに来たんだ。まともな人間のわけがねえ。だが、それはそれとして、おまえ自分が異物――余計もんだって知ってるよな？　まず、押しかけ子守りに来たのは、おれたちにとって、迷惑もいいところなんだ。おまえを連れてくのは、明らかに契約違反だからな。それはわかってるのか？」

「……」

「いまんとこは何にもないが、この先、どんな事態が待ってるかわからねえ。おまえがついてくるだけでも雇主と危ねえのに、そこでいきなり牙を剥かれちゃ敵わねえ。子供はおれたちが預る。おまえは別の席にいろ」

この指示にどんな反応が返ってくるか、正直、真城の胸はドラムのように鳴っていたが、女——シュラナは、拍子抜けするほどあっさりとうなずいた。

「よし。酢——これから赤ん坊の世話をしろ。他の任務は免除だ」

怒鳴り声を聞いて、太った中国人は、はいはいとやって来た。腹の肉がだぶついている。

「子供の世話あるね。任しとけのことよ。その辺の女より安心ね。誠心誠意務めるあるよ」

真城はシュラナに言った。

「——というわけだ。おまえがおかしな素ぶりを見せたり、ヨグ＝ソトースと敵対する一派に属してるとわかったら、その場で射つ。子供の方をだ。殺しはしないが、傷ぐらいはつける。子供にとっては致命傷と同じぐらい痛むぞ」

はじめて女の表情が動いた。生気が渡った。やはり生きものだったか、と真城は納得した。となれば、この世界の物理法則に則った手段でも始末できる。

「で……き……な……い」

真城はぞっとした。心の中を読まれたのか!?

反射的に女の腕を掴んだ。

手触りもぬくみも、こんなものだろう。人間の腕だ。

「酢——赤ん坊を連れて行け」

真城はその場を離れた。

岩の近くで、胸ポケットからくしゃくしゃの「ほまれ」を取り出し、つぶれかけた一本を咥えて火を点けた。

「ジッポですね」

誰もいないはずの岩陰から声をかけられ、真城は驚きを抑えながらふり向いた。

こちらも一服するつもりだったらしい。イタリア兵の指の間にはさんだ紙巻きにはまだ火が点いていない。

「敬礼はいらん。構わず喫え。いまは自由時間だ」

「いいライターです。でも、アメリカ製のものを日本の兵隊さんが持ってるのは珍しい」

「お袋の実家が輸入業者でな。そこで貰った。頑丈で土砂降りの中でも確実に火が点く。おまえの言うとおりいい品だ」

「道具はすべてそうありたいですね。武器と同じだ」

そういえば。真城はイタリア兵の腰を見た。ベルトを通したホルスターも収まった拳銃も、ガルテンスのものと同じ――ルガーP08だ。

「ドイツ製が好みか?」

「いい拳銃が好きなだけです。ルガーはとても握り易くて狙い易い。真っすぐ手を伸ばせば、そこが狙った急所です」

「どれ」

真城は手を差し出した。受け取ったルガーは実戦経験が少ないらしく、傷ひとつなかった。独特の円筒型のトグル・リングを引くと、後退した遊座の底から薬室に装填済みの9ミリ・ルガー弾が勢いよく弾き出た。

それを受け止め、リングを戻して、

「いい銃だが、砂漠で使うには大欠陥がひとつある」

と言った。

「何です？」

「遊底が大きく後退しすぎだ。他のと比べて、射ってる間に砂が入り易い。作動不能の素《もと》だ。おれなら、ワルサーかアメリカのコルトにする」

パーゲティは少し不満そうに、

「そういう車長殿は、日本の拳銃ではありませんか。なぜ、コルトやルガーをお使いにならないのです。ルガー、コルト、南部式——余備の拳銃は三挺ずつあります」

「おれは国産愛用主義者でな」

真城は、武器マニアらしいイタリア人へ笑いかけた。

「わかりました。いつかお手合わせ願います」

「——いつか、な」

と返して、

「そういえば、おまえの職業をまだ訊いていなかったな」

「訊かないで下さい」

何か後ろめたいことでもあるのか、パーゲティは周囲を窺ってから、

「医者であります」

と言った。

「そりゃあ助かる。おまえがいちばん役に立ちそうだな」

「ありがとうございます」

「こいつに興味があるか？」

真城は腰のホルスターを叩いた。

南部十四年式拳銃が収まっている。大正十四年に制式採用されたためこの名がつき、外見は独軍のルガーそっくりだが、構造的にはモーゼルだといわれる。用心鉄が小さすぎて、手袋が必要な寒冷地では使いにくい。不発、送弾不良等が多発し、実戦向きではない等々酷評されながらも種々の改良を加え、いま真城の所有は、用心鉄も拡張され、ファイアリング・ピンにも手が加えられたいわば改良型《カスタム》だ。本来、実戦部隊の将校には、もっと軽く携帯しやすい九四年式拳銃というのがあるのだが、戦車戦は砲撃のみならず、地雷を抱えて肉迫してくる敵兵相手の比重も多いと考える真城は、十四年式のパワーを選んだ。

「大いに興味あります」

静かに顔をかがやかせるパーゲティへ、

「おれが死んだら持っていけ。そのうちヤンキーと早撃ちごっこでもしようや」

と言って、もっとかがやかさせた。

その晩はこれで終わった。

第三章　廃墟に棲むもの

1

真城は朝から戦車の上で胡坐《あぐら》をかいていた。横になりたいところだが、日本軍人としてそんな傷病兵のような姿は見せられない。

戦車の中で非戦闘時の運行に要らない人間は、戦車長なのである。方角は操縦士が決定できるし、戦闘は砲手と装填手がいれば十分だ。

「指揮官に必要なのは大声だ」

と、戦車隊の先輩によく聞かされたものである。とどのつまりは指揮官＝統括力。これだけは真城の周囲は認めている。今回もアクの強そうなヤンキーもドイツ人も、真城の人格や立場に文句をつけるふうはない。もっともこれは欧米人の重視する〝契約〟効果が大きいとも取れる。

喉はカラカラだが、水は赤ん坊と女の分しかない。それも水筒の底くらいだろう。救いは、この二人には多分必要ないことだが、それも意味はない。

パーゲティが現れた。こちらは酢の抜けた通信と機関銃担当だが、とりあえず敵部隊との遭遇もないから、前部の脱出ハッチから出て来たものだ。

「うわ。やっぱり外の方が暑い。今日いっぱいには水を補充しないと、渇きで死んじまう。みな脱水症状です。食料はともかく、水は欠かせません。

オアシスは何処です？」

「オアシスなどとは言ってない。補給場所があるきりだ」

「あとどれくらいです？」

三時間、と答えて真城は、ぎょっとした。声にならないのだ。——禁じられていたっけな。

「内緒だ」

「車長はケチでありますか？」

「ああそうだ」

日本人はケチだ。うちの戦車長はケチだ、と珍しくぶつぶつ言うパーゲティを尻目に、真城は次の危機について考えていた。

最終目的地まであと約一七〇キロ。よく燃料が切れないものだと全員が首を傾けた。ヤク・タイガーの最高時速は四一・五キロとされているが、その重量が機動性と速度に負荷をかけ、後の戦闘では一日三〇キロこなせば上出来であった。真城たちのタイガーが時速三〇キロで休みなく前進を続けているのは奇跡といっていい。しかし、このままでは今日——いや、三時間もしないうちに飛行機に見つかる可能性が高い。身を隠す場所もない砂漠の真ん中で、それをどう防ぐか。

大砲をぶっ放したり、脱輪しないよう運転に精を出している方が、まだましだ。

あと三時間我慢すれば、かろうじて補給地点には辿り着けるが、そこまで持つかどうか。

「持つ」

はっきり口に出した。不思議と生気が湧いた。

「飛行機です」

とパーゲティが叫んだ。

そっちを向いた真城の耳にも、かすかな爆音が聞こえた。

「乗車」

パーゲティに叫んで戦車へと走った。

「機関銃を出せ！　――いや、停車だ。砲を廻せ」

キューポラに乗り込みながら、双眼鏡と叫んだ。突き出されたのを眼に当てて、蒼穹《そうきゅう》の影を目測する。

「射角一五度。方向十三時」

ヤク・タイガーの砲塔は固定砲塔だ。しかし、それは回転し、一二八ミリ砲は鉄の鳥に挑もうとしていた。

「無茶です、車長！」

バロウが死人のような声を出した。

「散弾はありません。戦車砲で飛行機を射つなんて」

「やらずにわかるか。榴弾《りゅうだん》で狙え！」

「了解」

ガルテンス砲手の声は、半ばヤケクソであった。心の何処かで何故、こんなことが出来るのかと疑いながら、真城は近づいてくる機体を見つめた。〈ホーカー・ハリケーン〉だ。速度は約五〇〇キロ。高度は一二〇〇メートル。砲弾の速度は？　交わるX点は？

「射角二一度。十二時の方向、射え！」

史上最強の戦車砲が吠えた。

だが、三キロ先のいかなる重戦車をも破壊する口径一二八ミリも、時速五〇〇キロで接近する戦闘機を射ち抜くようには出来ていない。

「命中！」

Hawker Hurricane

真城の声は、空中に紅蓮の花が開く寸前に上がった。

足下で歓声が爆発した。

「全速前進。敵はもうこちらの位置を報告しているぞ」

何とか気張った声を出したが、胸中は暗い。次は複数で来るだろう。飛行機が本気を出せば地を走る戦車など、のろまな亀以下だ。

しかし、こんな仕事を、彼らは何を目当てに引き受けたのか？

「子供はどうだ？」

頭を切り換えた。

「寝てるよ」

酢が答えた。

「いい気持ちらしいね。鼾《いびき》をかいてるある」

「女は？」

「大丈夫です」

ガルテンスの声である。

何が大丈夫かわからないが、確かめる気もしなかった。

真城は潜ってハッチを閉めた。

奇跡は一時間続いた。

北の空には一機の戦闘機も、熱砂の上には一輌の戦車も発見せず終いだったのである。

その代償は、

「副長が倒れかけています」

ガルテンスの宣言であった。

「糞ったれ」

またキューポラから出ていた真城が口汚く罵《ののし》ったとき、前方にそびえる岩山の麓《ふもと》に灰色の建物がミニチュア細工のように置かれているのが見えた。ざっと一キロ。

「あれだ！　あったぞ！」

真城は思わずキューポラの端を叩いた。

「ブラボー」

バロウが瀕死《ひんし》の歓声をあげた。

車体の前方に火柱が上がった。爆発音と砂塵が戦車を押し包んだ。或いは戦車が突っ込んだ。

間一髪、キューポラ内へ潜った真城の頭上を、飛行音がかすめ去った。

「甘かったか」

敵は爆音も届かぬ高度から、急降下爆撃を敢行《かんこう》したのだった。爆弾も外したのではない。もう諦めろと威嚇《いかく》しているのだ。

「全速前進——あの廃墟に入るぞ」

Spitfire

天空へ眼を据えて叫んだ。

空中の敵は、蒼穹の彼方で昆虫の羽根を思わせる独特の翼をさらした。

「バロウ、あれは何だ!?」

米軍なら友軍の戦闘機くらい知っているだろうとの発想である。

角ばった顔だけ上がって来た。塩を吹いている。空を仰いで、

「〈スピットファイア〉ですな」

と眼を細めた。

「二年前、〈ホーカー・ハリケーン〉と並んで、ナチのイギリス侵寇《しんこう》を見事に食いとめた救国の戦闘機です。実にいいフォルムの翼だ。あれで格闘戦に巻き込まれたら、急降下とスピードだけが取り柄の突撃ボーイには勝ち目がない」

「メッサーのことか？」

操縦席でガルテンスが敵意を剝き出しにした。

「ああ？　〈メッサー・シュミット〉のことか？　たかが三、四ヶ月の空戦で息も絶え絶えのくせに、聞いた風な口をきくな。あとひと月あれば我が軍は英仏海峡を征覇し、大英帝国と名乗るちっぽけな島に、必ずや植民地の名を冠していただろう。それも、ＶⅠＶⅡロケットと、偉大なる〈メッサー・シュミット〉の力があればこそだ。イギリスの蝿どもの数は多く、メッサーは少かった。勝敗を決したのはそれだ。メッサーへの根拠なき批判を撤回しろ！　英国人め！」

「おれは米国人《ヤンキー》だよ」

バロウは苦笑した。

「だから、優秀なのがスピットだろうが、メッサーだろうが一向に構わない。おれの知る限り、世界でいちばん優れた戦闘機は――」

じろりと真城を睨んで、

「日本の〈零戦〉だ」

真城は深々とうなずいた。

「当然だ。急げ、また来るぞ。おれたちの敵はスピットだ！　ＭＧ42をよこせ」

バロウが突き出した黒い鉄の凶器を、真城は肩付けした。

給弾ベルトはレシーバーに装塡済みだ。

これは真城が最初に出した、車内の武器にはすべて装弾しておけ、という指示に基づいている。

「ドイツ人――発射速度は一二〇〇だったな？」

「はっ！」

真城は七・九二ミリ給弾ベルトを左肩に乗せて

垂《た》るませた。

「さあ来い、救国の英雄。海の〈プリンス・オブ・ウェールズ〉にしてくれる」

優雅とさえいえる線《ライン》で構成される機体が、視界ぎりぎりまで現れたとき、汎用《はんよう》機関銃は火を噴いた。

当時、殆どの国の機関銃発射速度は六〇〇発以内。その倍の速度を叩き出すMG42は、狙われたら逃亡不可能な死神であった。

恐らく、スピットのパイロットは、その性能にも使用範囲にも無知であったろう。

のろまな亀の放った小さな炎は、対空戦闘も可能な武器から放たれたものであった。

十一秒――二二〇発目から二六五発目までがエンジンを貫き、ガソリンに引火させた。

「命中！　もう一機は上昇する。急げ！」

真城の叫びに追われるごとく、七五トンの鉄塊は廃墟の門をくぐった。

2

「城に隠れても、爆撃されたらおしまいですよ」

バロウの意見具申が終わる前に、

「向こうは威嚇してるだけだ。攻撃しろという指示は出ていない。空軍が足止めして、後から地上部隊が攻めて来るぞ」

「大丈夫です。スピットは局地戦闘機で爆撃機じゃあない。見張りだけなら燃料が持ちません。じきに引き返します。ですが、代わりが来る恐れがある。その前に補給を終わらせてずらかりましょう」

「いいアイデアだ。左のでかい建物の中に入れろ」

「了解」

ガルテンスの声が上がって、ヤク・タイガーは、打ち果てた廃墟の中で最も巨大な建物に突入した。

「よし、子供と女と酢を残して全員外へ出ろ。パーゲティはスピットの偵察。ガルテンスは車体の点検、おれとバロウは内部の調査だ」

「いい度胸ですな、車長。上に敵がいるのに外へ出るとは」

「何度も言わせるな。爆撃はしてこねえ。とっとと内部を調べろ」

真っ先にタイガーから下りると、真城は周囲を見廻した。手にはMG42。左手で給弾ベルトをふた巻き分抱えている。他の連中はみな身体中の水分が抜けているのに頭抜けた体力だ。

一同がいるのは、ホールだろうが、かなり広い。縦横二〇と三〇。高さは一五メートルだ。

窓も破壊孔もないが、出入口が広いので鮮明な視界は保証されている。

「スピット――帰還します」

パーゲティの報告を聞いてすぐ、バロウが、トンプソンを砂の壁に向けて、

「何だ、これは？」

と鼻をひくつかせた。パーゲティに応じたわけではない。喜びの報告はじめついた空気に溶けている。水はなくとも、それだけで救われる。

「全くだ」

と真城が返した。

「――ここは海の中か？」

二人が吸っている空気には、潮の香がたっぷりと含まれていた。

「違う――何だ、この浮彫《レリーフ》は？」

二人は――いや、一同は、おびただしい怪物に取り囲まれていた。

壁に貼りつき床に這い、天井から見下ろし、円柱に巻きついている姿は、どれも同じだ。尖ったヤリイカ状の頭部、小さな炎を思わせる眼とその下から胸までのたくる触手のような髭は、まるで蠢いているように見えて、真城は身震いした。鉤爪の生えた手も身体も緑色に着色され、本物そのもの――人間の手など入っていないように見える。背中の小さな羽を羽搏《はばた》かせてとびかかって来ても、少しもおかしくない。

「これは――」

「知らないというなよ、バロウ」

真城がMG42の銃身を撫で、あち、と放した。スピットへの銃撃の熱がまだ引いていないのだ。

「これがクトゥルーだ」

それは千か万か百万か――〝神話〟の名を冠された邪神の王たちは、侵入者たちを不気味にねめつけている。

「ここは〝神殿〟ですな」

バロウが頭をふった。

「ああ。しかし――おかしい」

真城の言葉の意味に、バロウもすぐ気づいた。

「そうか、自分たちの雇主はヨグ＝ソトース。クトゥルーの天敵でしたね。それなのに、ここは」

潮の香りが濃さを増した。

「壁と柱を見ろ。濡れているぞ」

「まさか」

バロウは手近の円柱に走って、表面に触れた。指先をしゃぶって、死人の顔つきを作った。

「本当だ。海水です」

「砂漠の中に海の匂いがする神殿か。こいつは一杯食ったかな」

背後に不意に気配が生じた。

シュラナが立っていた。

「な、何だ、何をしてる？」

「車長――大変あるよ」

タイガーの方から、酢が駆けて来た。

「どうした？」

「赤ん坊が消えてしまったある」

「何ィ？　貴様、任務放棄で銃殺だぞ」

「ひええ」

「どうした？」

ガルテンスもバロウも血相が変わっている。

「抱いてたらむずがりだしたので、外の空気を吸わせようと、脇に置いて脱出ハッチを開けたある。ふり返るともういなかったよ」

真城の頭の中に、その単語が閃いた。

「クトゥルー――やりやがったな」

急速に全身から力が抜けていった。選りに選って、やって来たのが雇主の宿敵を讃える施設だったとは。そこに人外の手が作用した以上、状況は真城たちの手に負えるものではなかった。

「えーい」

片足で、床上の怪物を踏みつけ、真城はかろうじて闘志にバーナーをかけた。

「全員で赤ん坊を捜す。みんな――」

その肩に冷たいものが刺さった。

「痛い」

ふり返ると、シュラナが手をかけていた。それをふりほどいて、

「貴様――ひょっとして」

肩を掴んでいた手が前方を指差した。

神殿の奥へとつづく通路が口を開けている。

罠だと思わないでもなかったが、いまや人間以外の存在と思しいのはこの女ひとりだ。その意思を肯定するにせよ否定するにせよ、一考の価値はあった。

真城の決断は早かった。

「よし。行こう。バロウとガルテンスは残れ。酢とパーゲティが尾いて来い」

バロウが異議を唱えた。

「三人だけじゃ危ない。相手はクトゥルーだ。あの通路ならタイガーも通れます。みなで行きましょう」

「いかん。ここにいるぞと宣言しながら隠密行動を取るようなものだ。ここは少数で行く」

「おれたちには、とっくに敵の眼が光ってますよ。犬死にだ」

「何もしないでいれば、雇主に処罰されるぞ。それに、生命が惜しけりゃとっとと帰れというやり口が気に入らねえ。クトゥルーも、ヨグ＝ソトースを必要以上に刺激したくはねえんだ。ということは、赤ん坊は生きてるって可能性が高い。なら、

やってみるさ」

三人の部下は、黙って日本人隊長の顔を眺めていた。

その眼に何かがゆれている。あたたかい光であった。

バロウが言った。

「自分は日本の軍人は、位の低い兵ばかりを前線で戦わせ、将校はその背後に隠れている――無駄死にを強制するときのみ、先頭に立つと教わりました。自分は全く別の日本人を見ているらしいですな？」

「私もそう思うあるね」

酢が続けた。

「日本人の兵隊、親戚の村へ行ったとき見たね。みいんな威張りくさって、穀物や鶏を盗んでいった。でも、将校の前では頭ペコペコね。将校はもっと威張ってた。ああいう輩は、絶対、危険なことは兵隊に任せて避けて通る。あなた別の日本人。でも、私を選んだね」

「将校が兵隊に威張るのは当たり前だ」

と真城は喚いた。

こいつら、軍隊の規律を――我が日本軍を何だと思ってやがる。

「これ以上、ゴタゴタぬかすんなら、みんな軍法会議だ。全員、時計を合わせろ」

竜頭を引いて、

「三…二…一――いまだ」

竜頭を押して、

「三十分待って戻らなかったら、おまえたちは好きにしろ。女は任せる」

「車長」

　バロウが前方――真城の背後へ顎をしゃくった。

　女はすでに通路の入り口を奥へと遠去かっていくところだった。

「何者だ、あいつは？」

　呆然とつぶやいてから、

「命令はしたぞ――酢とパーゲティ、ついて来い！」

　日中伊――即製の決死隊は女の背中を追って走り出した。

　女にはすぐ追いついた。

「何処へ行く？」

と訊いても返事はない。ひたすら足を運ぶ様子に、しかし、憑《つ》かれている風もなかった。

　自分たちを導いているという保証はなかったが、真城は任せることにした。

　酢は英軍のステンMK2を、パーゲティは米軍のM2カービンを横抱きにしていた。武器も兵隊と同じく良くいえば国際色豊か、悪くいえば寄せ集めだ。全員、見たこともない武器の取り扱いがわかるのが救いといえばいえる。

　だが、進めば進むほど、闘志は萎えてきた。

　こんな建物が地上に存在するのだろうか。天井の高みはすでに五〇メートル、一〇〇メートルを超え、通路は蜿々《えんえん》とつづく広場と言う方が正しい。

　そして左右にそびえる石像はすべて、ホールの浮彫り――クトゥルーと、それに貼りつく人間とも魚ともつかぬ生物たち――〈深きものども〉だ。

体長一〇〇メートル超の石像ひとつを完成させる人員と歳月――その茫々《ぼうぼう》たる時間。

そして、ここはアフリカの砂漠か大洋の底か。潮の香りは濃密に渦巻き、石像の間をすり抜けるのは、どう見ても魚の影であった。

「こか何処だ？」

思わず口を衝《つ》いたところへ、待ってましたとばかり、

「戻りませんか、車長？」

とパーゲティが促し、

「それがよろしいあるね」

と酢が後押しした。

「今度そんなことぬかしてみろ。おまえらまとめて軍法会議にかけてやる」

かくの如き後方でのトラブルも知らぬげに歩み続けていたシュラナの足が、急に止まった。

その顔の前方に眼を据え、真城は、

「いたぞ！」

と張り上げた。

五〇メートルばかり前方に浮彫りだらけの石の台が置かれ、その上に小さな身体が上向きに横たわっている。枷《かせ》のようなものはない。

「おれが行く。援護しろ」

女の背をひとつ叩いて、よくやったと声をかけ、真城は台へと走った。

唇のない口元に指をかざすと、冷たい息が吹きつけた。呼吸はしている。傷もない。

ゆすっても起きないのはやむを得まい。魔力の類にかけられているのだ。

酢を、と考えて、ここは女に任せた方がと思った。戦闘員は必要だ。

ふり向いて、ぎょっとした。女は眼の前にいた。狂気を湛《たた》えた眼が真城を見つめている。

「おまえ——脅《おど》かすな」

こう言う間に、女は赤ん坊を抱きかかえた。さして愛しげでもない様子が、真城には不思議だった。

女は勝手に戻りはじめた。背後に眼を走らせながら真城も続く。

「車長——上よ！」

酢の叫びに、しかし、反応する暇もなく、真城は頭から海水をかぶった。

それは流れなかった。真城は海中にいた。もうひとり——いや、一匹が両肩を押さえた。四肢《しし》を備えた人間と魚の混血児。そいつは小さな口をかっと開くと、鋭い三角形の牙を立てようと、真城の首すじに平べったい顔を寄せて来た。

真城の呼吸は限界に達していた。水を被ったとき、思いきり気管から肺に吸いこんでしまったのだ。むせても、酸素は補充されなかった。

不気味な顔と牙が近づいて来た。押しのける力は、酸素とともに失われていた。

3

不意に水が消えた。両肩の呪縛が解けると同時に、魚怪は崩れ落ちた。

その寸前、真城の耳は鈍い連続音を聞いている。

パーゲティと酢が駆けつけて来た。パーゲティのM2カービンの銃口は紫煙を噴いている。

夢中で酸素を吸いこみながら、

「よくやった。こん畜生」

痙攣《けいれん》中の〝深きもの〟の顔面を踏みつけるのも真城は忘れない。その脇腹を見て眉を寄せたとき――

シュラナが天井を指さした。

奇怪なものたちが、逆しまに蠢いていた。全身が二メートル四方ほどの水泡――否、立方体に包まれた魚怪ども。それが水を掻《か》き、胴をくねらせるや、立方体ごと凄まじい速さで一同に襲いかかって来た。正しく水中を移動しているのだ。

伝説の妖魔を近代科学が迎え撃った。

MG42が毎秒一二〇〇発の速度で咆哮するや、七・九二ミリ弾は容赦なく水の函《はこ》を貫き、おぞましい魚体を射ち抜いた。青黒い血が水を染め、次の瞬間、そいつらは床に落ちて水と呪われた血をとばした《スプラッシュ》。

「このこのこの」

酢のステン・ガンも快調に連射を続けていた。

もともと、携帯用連発火器――短機関銃《SMG》にさほど重きを置いていなかった英軍が、独軍のシュマイザーSMGの威力に驚き、フランス抵抗軍《レジスタンス》の要請もあって急造したステン・ガンは、正しく水道パイプに発射機構を備え、九ミリ弾倉を接合させただけの間に合わせの――しかし、その生産性によって絶大な効果を発揮する対独携帯火器となった。武器の生命とは、まず故障しないこと、SMGの使命とは、短期間に出来るだけ多くの弾丸を発射する

ことにある。

使用弾は9ミリ軍用拳銃弾《パラベラム》。二メートルの水中に突入し、標的を射ち貫くパワーは備えていた。酢に迫る魚怪たちもたちまち自らの血で水を染めた。

戦闘中、真城に余裕があったなら、連射音の中に、単発射撃の銃声が混っていることに気づいたかも知れない。ワン・ショット／ワン・デス――一撃必殺を実践したのは、イタリア人機銃手であった。

ダミアノ・パーゲティは円柱を背にすると、まず天井の魚怪を射殺し、ついで壁を這い、直接降下してくる敵を次々に射ち倒した。M2カービンの弾丸は、三〇カービン弾。威力はコルトM1911A1（ガヴァメント）用45ACP拳銃弾より強力で、ガーランド軍用ライフルの30―06弾より劣るが、魚怪ども相手に問題はなかった。二メートルに満たない水中に銃弾を射ちこめば、大型魚でも数発の拳銃弾で仕止められる。ただし、急所への着弾が絶対条件だが、パーゲティはそれを難なくクリアしてのけた。

開始一分の戦闘で、敵は数十の死骸をさらしたのである。

だが、天井の奥から壁の隙間から、彼らは次々にやって来た。

「ここはカバーする。全員退却だ！　酢――赤ん坊をカバーしろ！　パーゲティは女だ！」

「了解」

四人が後退するのを待って、真城は追いすがる魚怪どもを射ち落とし、射ち倒し、少し走って、また射ちまくった。

彼は心の底からドイツの武器に、一二〇〇発の発射速度に感謝した。

世界のあらゆる機関銃に倍速する弾丸は、標的に躱わす余裕を与えなかった。初弾は外れても二弾三弾が逃がさない。三発単位の、連射で、敵は必ず倒れた。

それでも来る。

――まずい。

直感したのは、給弾ベルトの端に触れたときである。弾丸《たま》切れだ。MG42は弾丸の消費速度も倍なのだ。ざっと見てあと二〇〇発。

次から次へと天井の奥から湧き出し、巨大な四角い水滴のように降ってくるその数は、カバーしようもない。


「ちィ」

真城はベルトにぶら下げてある九九式手榴弾を外した。信管部をMG42の銃体に叩きつけて点火。二つ数えて投げた。

数匹が吹っとび、周囲の連中は後退した。

これは意外であった。はじめての経験だったに違いない。驚きのせいで対処法が思いつかないのだ。

真城は走り出した。

耳の奥で爆破音が鳴っている。鼓膜《こまく》が直撃されたのだ。

五〇〇メートルも走ったところで息が切れた。一一・五キロプラス給弾ベルトのMG42は一五キロ近い。

腰だめにしたまま呼吸を整えつつ、ふり向いた。

その眼前へおびただしい水函《みずばこ》が降って来た。

——おしまいか
と思った。

突然、降下中の奴らが水しぶきとともに吹っとんだ。

味方が来たのだ！

右の耳を強く圧して、鼓膜を正常に戻す。途端に、

「車長——伏せて！」

酢の声だ。

仰向けに倒れざま、両耳を押さえた。

追って来た魚怪どもが片端から薙《な》ぎ倒されていく。猛烈な機銃掃射は、携帯武器のものではなかった。

そして、青いうすやみが真紅に燃えて——霹靂《はたた》神《がみ》の怒号。

一二八ミリ榴弾が炸裂したのは天井の何処かであった。

石塊と数十匹の魚怪が即製の棲家《すみか》もろとも四散し、地上に降り注ぎ、床上の仲間を押しつぶした。

もう一発。今度は石柱と石壁が炎の舞踊を踊り、周囲の妖物を四散させた。

敵が一斉に退却を開始したのは、三発目がまたも天井を粉砕《ふんさい》してからであった。

ふりかかった破片をはたき落とす真城の耳に、もうはっきりと聞こえた。

マイバッハＨＰＬ２３０Ｐ45——七五トンの巨体を支える七〇〇馬力エンジン音と、石を踏む履帯《キャタピラ》の音が急速に近づいて来る。

跳ね起きようとして――コケた。右手のMG42が、石床に食いこんだみたいに重い。

「畜生め、一生安心なんぞしねえぞ」

何とか走った。

ヤク・タイガーは一〇メートルほど向うに停車し、バロウとパーゲティが駆け寄って来た。

「無事ですか？」

バロウの眼が真城の全身を走査《スキャン》する。

「溺れかかっただけだ。みな乗せたな？」

「収容しました」

「よし。命令違反で軍法会議だ。覚悟はいいな？」

バロウは眼を剥いた。

「車長、それは――」

パーゲティも口をはさんだ。

「中尉が来てくれたおかげで助かったんですぜ」

「おれは待てと言ったはずだ。とにかく軍法会議だ、軍法会議」

「会議がお好きですか？」

とパーゲティ。

「うるさい」

「承知しました。お受けします」

バロウは黙礼してから、

「彼から聞きましたが、本当ですか？　海の奴ら、水ごと移動するとか？」

「潮の臭いがしねえか？」

「そう言えば」

「びしょ濡れだろ？」

「確かに」

「とにかく、子供は奪還した。戻るぞ」

「了解」

敵が再度追って来る様子もない。

真城が乗車するや、タイガーはやって来た方へと向きを変えはじめた。

一〇〇メートルと行かないうちに、バロウが
「暗くなって来ました」

と言った。

確かに周囲は急速に闇に包まれようとしている。時刻からしても通常の自然現象ではあり得ない。

「油断するな。主砲と機関銃――発射用意」

車体が唐突に右に折れた。鉄と鉄とが噛み合う音が、全員に耳を覆わせた。それは一気に不自然な高みへと昇りつめ、破砕音に化けた。車体が右へ傾く。

「何してやがる、莫迦ヤンキー」

ガルテンスが罵った。

「わからん、おれは真っすぐ運転してただけだ」

バロウの返事は、嘘をついていないとわかるだけに、全員の首すじに冷たいものを走らせた。

彼は言葉どおり走らせているつもりだったのだ。

「おい――おれが何かやらかしたのか？」

「右へ曲がったね」

赤ん坊を抱いた酢が遠慮なく指摘した。

「莫迦なこと言うな。おれはずうっと真っすぐ操縦してたぞ」

「なら、何故、脱輪したあるね？」

「それは戦車のせいだ」

「おい、自分の操縦ミスを棚に上げて、我がドイツの技術を誹謗《ひぼう》するのは許さんぞ」

ガルテンスが歯を剥いた。

「うるせえぞ、西欧二ヶ国」

真城が怒鳴りつけた。

「こいつは敵の——クトゥルーの仕業だ。さっさと修理して抜け出さねえとロクな運命が待ってねえ。酢を残して全員作業にかかれ！」

次の台詞《せりふ》は、数秒おいての、

「こりゃ、いかん」

であった。放ち手はバロウだ。

「左の転輪が完全に外れてるし、履帯も裂けちまってる。一応、修理用具は積んでますが、すぐには直りませんよ」

「何とかしろ、何とか」

と真城が喚いた。

「最初から投げて何が出来る。心頭滅却《しんとうめっきゃく》すれば火もまた涼しだ。戦いは武器ではない。精神力である。大和魂だ」

「自分はアメリカ人でして」

荷物入れからガスバーナーを持ち出して来たバロウの顔が、点火と同時に青くかがやいた。

「一枚三〇キロの履帯は、精神力じゃ持ち上がりませんよ。それじゃ超能力だ」

「黙れ欧米人め。そもそも精神というものは——」

真城の声はここで停止した。それを誰も不思議とは思わなかった。

右へと折れた道路は、黒い闇に溶けていたが、その奥から奇妙な音が——というよりは声に近い響きが聞こえたのである。

「何と聞こえた？」

真城が訊いた。

「わかりません」

バロウがゴーグルを外した。

「同じです」

とパーゲティ。その眼にある光が宿りはじめた。

「おれとパーゲティで見てくる。おまえは修理を
――」

今度の沈黙は、自分の横に立っているシュラナに気づいたからだ。いつも足音ひとつ立てず、かたわらにいる女。こんな不気味な生物と旅行中だとは。

「危険だ、戦車に戻れ」

と指さしても動かない。こいつも仲間か、と真城は気がついた。

「酢、構わんからおかしな物が出て来たら、その子を射ち殺せ」

声を限りに喚いても、漠たる表情に変化はない。威嚇は失敗だ。

タイガーへ戻り、MG42に千発ひとまとめの給弾ベルトを装填した。パーゲティは、M3〝グリース・ガン〟である。

「行くぞ」

パーゲティに声をかけ、真城は奥へと進みはじめた。シュラナが気になったが、不都合はしでかさないという確信めいたものがあった。

奇妙な音はあれ以来、聞こえない。

少し進んで真城が、

「どのくらい来た？」

「まだ四〇〇メートル弱であります」

「よくわかるな」

「自分の歩幅は約八〇センチ。それに五〇一歩をかけました」

「歩数を覚えてたのか」

こいつも只のイタ公じゃないなと、真城は納得した。ふり向くとタイガーは遠くにうすく光っている。

また歩き出そうとした途端、足を止めて、

「どうだ？」

と訊いた。

「聞こえました」

とパーゲティ。

「何と？」

「テケリ・リ――と」

第四章　追いかけ仕《つかまつ》る

1

「おれにもだ」

真城はMG42の銃把《グリップ》を握り直した。

「あれですかね？」

「あれだな」

「となると、逃げるしか手はありませんが」

「大和魂だ」

と言って、真城は進んだ。

沈黙のまま、パーゲティもついて来た。


急に闇が二人を包んだ。

「あれから何メートルだ？」

「済みません。緊張して数え忘れました。多分——」

「三〇〇ちょいだ」

「どうしてわかるんです？　——ひょっとして車長も歩幅を？」

「そうだ」

「分かるんなら訊かないで下さい」

「しっ」

真城が耳を澄ませた。

声はまた途絶《とだ》えている。

前方には完全な闇が詰まっていた。

「何かおかしくないか？」

少し間を置いて真城が訊いた。

「おかしいです」

「何か、いるよな？」

「はあ」

「何処だと思う？」

「正直に言ってよろしいですか？」

「おお」

「――眼の前であります」

「――同感だ」

真城はうなずいた。声をひそめて、

「ゆっくりと後退しろ。相手はテケリ・リだぞ」

「ごもっとも」

後退――後じさりは、当然、前進より難しい。しかし、これほど遅々とした、恐怖で身体が弾けそうな後じさりは前代未聞であったろう。真城の足は、文字通り棒のようであった。しかも、なまじ神経が通っているから厄介だ。動けと神経が伝えるまで、一時間もかかりそうだ。

詰まったものは動かない。ただ、そびえている。見えない水門に打ち寄せた津波のようなものだ。

適当なところで、

「どれくらい離れた？」

「嫌がらせでありますか？」

「数えていなかった。おまえは？」

「同じであります」

「役立たずめ」

「お言葉ですが」

テケリ・リ
「………」

「………」

テケリ・リ

来た。

真城は眼を閉じ、ＭＧ42の用心鉄にかけていた指を、引き金《トリガー》に乗せた。ひどく時間がかかった。

背後で、Ｍ2カービンの安全装置を外す音がした。頼りない。今度という今度は、銃器マニアのイタリア人も、選択を誤ったと臍《ほぞ》を噛んでいるに違いない。

この相手に銃弾など無益もいいところだ。

一九三〇年、ミスカトニック大学探検隊が南極の奥地——未知の大山脈の背後に見出した巨石建造物。その壁面に記された浅浮彫は、超太古に地球へ飛来した〈古《いにしえ》のもの〉の超時間的盛衰《せいすい》が記されていた。

彼らは遅れてやって来た〈ユゴス星の甲殻《こうかく》生物〉や〈クトゥルーの落とし子〉らとの軋轢《あつれき》を経て、〈旧支配者〉としての覇権《はけん》を保っていたが、最も恐るべき敵は、獅子《しし》の身中《しんちゅう》に存在したのである。

ショゴス。

〈古のもの〉が巨大都市建造のために生み出した、軟泥状の人工生命体。それらはやがて知能を持ち、創造主たる〈古のもの〉たちさえ脅かしたと伝えられる。

可塑《かそ》性を備えた肉体は、時に小指の先ほどに、時に山ほどにもなって、事実上の不死を誇っていた。

南極の大氷洞の底に蠢いていた妖物が、いま灼熱の砂漠の地下に。

クトゥルーの仕業《しわざ》か。

「おい」

五〇メートルほど後退した地点で、真城が臨終みたいな声で訊いた。

「――一緒に動いてるよな?」

「はい」

闇がいつも眼の前にあるのだった。

「ショゴスの速度は?」

「わかりません。自分の記憶によれば、ミスカトニック大の探検隊員は走って逃げました。しかし、あれはショゴスが離れていたからです」

「では、走れば何とかなるぞ」

「はっ」

「走れ!」

低く叫ぶや、真城は猛然と地を蹴った。前方をパーゲティが行く。後方は――?

まだ来ない。動きはない。それなのに背中は直に氷を負っているかのようだ。

さらに走った。足が動いているかどうかも意識していなかった。

――ひょっとして、もう
安堵《あんど》がこんな考えを芽吹かせた。

気配が生じた。

途方もなく巨大なものが、いま、追跡を開始したのだ!

背中の冷気が増した。そいつの押し出す空気が当たったせいだ。

「化物があ!」

恐怖を怒りに変える精神《こころ》をこの日本人は持っていた。ふり返りざま腰を据え、足場を整えて射った。

いまや、はっきりと見える黒い巨体に、七・九二ミリは一秒二〇発の弾痕を描き、たちまち塞がった。ショゴスの身体は軟い粘土に似ているのだ。

それでも、動きは束《つか》の間停止した。〈深きもの〉たちと同じ初体験の驚愕《きょうがく》だ。

真城は走った。

ついに青白い光とうずくまる黒い巨体が形を整えて来た。

だが、修理が終わったはずもない。

いや。

あの音は？　キューポラの横にガルテンスが立って、こちらへ向かって来る。タイガーごとだ。エンジン音が一緒だ。

「来るな」

と真城は叫んだ。パーゲティはもう戦車を通り過ぎている。

「止まって、奥を射て。三連射水平射撃だ！」

イエッサと、バロウがキューポラへとびこんだ。

タイガーの動きが止まり、砲身がわずかに右へ移動する。

「三《スリー》」

バロウの声と同時に、真城は両耳を押さえて床へ伏せた。またかよ、と思った。

頭上の雷鳴もまたであった。今度は三発まとめ射ちだった。耳を塞いでも、頭の中で轟《とどろ》きが奔騰《ほんとう》し熱を帯びた衝撃波が頭と首を灼いた。装填役のバロウはさぞや忙しいことだろう。

動かず炸裂音を待った。

しない。

「駄目か」

跳ね起きて、熱気を突き破るように突進した。

先に乗っていたパーゲティが、手を伸ばしてきた。キューポラへとびこんで、彼が脱出ハッチから潜り込むのを確認してから、

「脱出だ!」

七〇トンの鉄塊が、無愛想に方向を転じる。今度はスムーズに廻った。

「どうやって直したんだ?」

バロウに訊いた。

「あの女です」

「あの女が? まさかあの細腕で履帯をつないで、転輪を嵌《は》め込んだってんじゃねえだろうな?」

「その通りであります。あの手で履帯をつなぎ合わせ、外れたネジを締めてから一〇〇キロ近い転輪をひとりで嵌め込んだのであります」

声が出なかった。この状況だ。何があってもおかしくはないとは思っていたが、いざそうだと明言されると、息を呑まざるを得ない。こういう反応も取り除いておけよ、ヨグのおっさん。

タイガーはもとの通路へ出るや、全速前進を開始した。

「あれはショゴスですか?」

ガルテンスが訊いた。

「そうだ。クトゥルーの野郎、とんでもねえ化物を運んで来やがった。——ん?」

身体が十分の一に縮まったような気がした。

曲り角から、巨大な影が湧き出したのである。

通路一杯に広がってから、こちらへ押し寄せてくる。

「まだ終わってねえ。車輛停止。砲塔旋回——距離は百。射て〜〜っ！」

　ショゴスの表面に小さな空洞が開いた。

　それだけだ。

　深い軟泥に射ち込まれた砲弾の信管は作動を忘れてしまう。

「うわわわわ」

　真城は、まず悲鳴を上げた。粘液の塊りは五〇メートル先に迫っている。

「天井を射て。破壊できなきゃ動けなくするんだ！」

「この距離じゃ無理です。近すぎる。呑みこまれちまいます！」

「えーい、とにかく射て。話はそれからだ！　射て射て射てえ」

　天井が爆発したのは次の瞬間だった。

　数千トンの瓦礫と砂煙が粘塊を貫き、押しつぶした。

　鼓膜がちぎれそうに震えた。可聴範囲を遥かに超える超音波ともいうべき音波が真城の精神を狂気へと追いやった。

　——これは、ショゴスの苦鳴だ⁉

　本能的に悟った。

　あらゆる光景が回転しはじめた頭で、

「よくやったぞ、ガルテンス——命中だ！」

「いや、自分は射ってません」

「なにィ？」

「出たぞ！」

　バロウが歓喜の声をふり絞った。タイガーはうすやみのホールを抜けて、神殿の外——午後の陽光の下へと躍り出たのであった。

ぐったりとキューポラにもたれかかった真城を、ガルテンスが支えた。

「ご無事で？」

「何とかな」

何とかなった。だが、あのショゴスがあれで滅びたとは到底思えない。

「また何処かで、な」

「は？」

首を傾げる同盟国人へ、

「女と子供は無事か？」

「無事です」

「パーゲティは？」

「無事です」

「よし。ところで、おまえが射ったんじゃないなら、ショゴスをつぶしたのは誰だ？」

真城にはわかっていたのかも知れない。質問と同時に、彼は疲れ切った顔を北の方へと向けた。

飛行機のエンジン音は、すでにぎりぎりまで遠去かっていたが、その機影ははっきりと見えた。

「最後のスピットか？」

「だと思います」

「どっちを狙ったんだ？」

「自分たちを狙うはずはありません。赤ん坊がいるからです。するとショゴスを——」

「そうだろう。だがな、ガルテンス。あの神殿には窓もないし、天井も破壊されてなかった。おまえがパイロットだったとして、どう狙いをつける？」

「わかりません！」

直立不動の返事は、低い絶叫といって良かった。

スエズの基地へと急ぎながら、パイロットは、基地からの通信に首を傾げざるを得なかった。

地上部隊が急行するまで、燃料の続く限りその戦車を看視、威嚇せよから一転、ある地点へ爆弾を一発投下後、帰投せよ。戦果を見るに能わず

——との無線が入ったのは、二分前のことである。投下時間まで厳密に指示されたものの、釈然としない思いがいつまでも残った。

はたして、基地上空で帰投の旨を告げた彼を待っていたのは、指令官の驚きと怒りの声であった。

基地内の誰ひとり、そんな命令を打電するよう、無線手に命じた者はいなかったのである。

2

パイロットが帰還した頃、廃墟の一同は渇水死寸前だった。クトゥルーの神殿に海水以外の水はなかったのである。

「畜生めが」

へたり込む真城のかたわらに、またシュラナが立って、右手を差し出した。黒いゼリー状の物体が乗っている。

「何だ、それは？」

うす気味わるそうな真城に代わって答えを出したのはパーゲティだった。

「ショゴスの破片です」

「何イ!?」

真城は食いつかんばかりの形相でシュラナを睨みつけた。ヴェールの下の眼は笑っているようだった。

「これをどうしろというんだ?」

そして、真城は眼を剥いた。解答が出たのだ。それも絶対に正しい答えが。

「まさか、これを水の代わりにしろってんじゃねえだろうな?」

「そうだと思います」

パーゲティが言った。

「ふざけるな、そんな気味の悪いもんを。これは化物の破片だぞ」

「もう駄目ある」

干からびた声と同時に、丸まっちい手が不気味な肉塊を奪い取った。

「酢」

「渇いて死ぬよりマシあるね」

それは椅子と机以外なら何でも食らうという中国人の胃の腑に消えた。

「うおお」

酢は喉もとを押さえた。絶望の視線が注がれたのも無理はない。その瞬間、酢は万歳の格好で叫んだ。

「み、水だあ」

愕然とこちらを見つめる戦友たちへ、

「間違いないある。嘘でない。本物の水より美味いある!」

瀕死の兵士たちは立ち上がった。ショゴスの破片はあちこちにあった。

やがて――何とか喉を潤したが、それで終わりだった。

まだ道は遠い。何処かで補給しなくてはならない。

真城は少し考えて、

「幸い、足廻りは無事だ。ここから南西へ一〇〇キロほどのところにオアシスがひとつある。第二の補給所だ。そこで水と食料を手に入れよう」

「どうやって買うんです？　金なんか受け取ってくれるかどうか」

首を傾げるバロウへ、

「軍票だ軍票」

真城は宣言した。本気らしい。

「そんなもの、もっと駄目あるね」

酢が眉をひそめた。赤ん坊は相も変わらず腕の中で眠っている。

「以前、ゴビ砂漠で暮らしてる連中と会った。過酷なとこで生きてるから、厳しいしキツいよ。軍票なんか出したら、身ぐるみ剥がれる怖れがあるある
ね」

「物々交換しかねえな」

真城の声には余裕がある。バロウが何となく怪しい、という表情で、

「あとは武器弾薬しかありませんが、これは譲れません」

「わかってるって、優秀な副官殿――物が駄目なら何がある？」

太い眉を寄せてアメリカ人は少し考え、

「――人間ですか？」

「そ。労働力とも言う」

「待って下さい。誰に働かせようってんですか？　みんな契約上必要な人間ですよ」

「要は、あの赤ん坊を目的地まで安全に輸送すりゃあいいんだろ。ならひとりくらいいなくてもどうってこたねえさ。帰りに拾ってやりゃいいんだ。却ってオアシスにいた方が安全かも知れんぞ」

「そりゃそうですが。戦いはこれからです。ひとりも欠かせません。誰よりもあなたがお判りのはずです」

「ふーむ、となるとやはり物々交換しかねえな。おい、酢——おまえ何貫ある？」

「三二貫と少しね。労働力は向いていない」

「その腹は脂肪か？」

「私の腹が脂肪で、あなたに迷惑かけたか？」

「砂漠の生活は厳しいと言ってたな」

「そよ」

「食料は何より大切だ、そうだな？」

「もち、よ」

ふんぞり返った途端、彼は青ざめた。真城の言葉に隠された意味を看破《かんぱ》したのである。

「車長——あなた、まさか、私の肉を」

「おかしなことを言うな」

真城は酢の肉づきのいい首廻りを、値踏みするように揉みながら、酢の抱いた赤ん坊を覗きこんだ。

「相も変わらず可愛くない餓鬼だが、無事に送り届ける約束だ。それには水も食料もいる」

ぼそぼそ口にしてから、

「そうか。交換するよりも――」

「なな何あるね？」

酢が震え上がっているのを見て、バロウとガルテンスは顔を見合わせた。

まさか、と、いやこいつなら、とがぶつかり合って異様な雰囲気が醸造された。パーゲティも不穏な空気をまとわりつかせている。

決着をつけたのは真城であった。

何事もなかったような渋い笑顔で、

「よし。とにかくオアシスだ。多分、連合軍の地上部隊が出てる。急いでここを出るぞ。全員乗車」

肩で風を切りながら戦車へと向かう後ろ姿を、全員、呆然よりも呆っ気という表情で見送ったのである。

最初にガルテンスが、何故かゆっくりとふり向いた。みな後につづいた。

シュラナが立っていた。

空虚な表情が少し違っていた。

みなと同感だと、それは語っていた。


パイロットの尋問を終えると、英中東方面軍総司令官ハロルド・アレキサンダー大将は、私室に第八軍司令官バーナード・モントゴメリー中将を呼んだ。

短い話を聞き終えると、モントゴメリーは、

「何処を攻撃したかはわかっていても、何をかはわからない」

と言った。

「そうだ。だが、その戦車が隠れた古代建造物を

Bernard Montgomery

攻撃した以上、命じたものは、彼らの殲滅《せんめつ》を願うものだろう。すなわち、大いなるクトゥルーだ」

モントゴメリーは眉間の皺《しわ》をさらに深くした。八月五日に英首相ウィンストン・チャーチル自ら八軍司令官に任命したこの知将は、今なおその真価を発揮してはいなかったが、任命に際してチャーチルから直々に伝えられたある知識は、不動の英国首相とその内閣に対する疑いを惹起《じゃっき》するのに十分であった。

軍人として、彼は独軍との戦いこそが本分と考えていた。ところが、大英帝国最大の権力者は、そんなことよりも砂漠の一点にある小さな遺跡と、そこへ向かうたった一輌の戦車と乗員たちの捕獲に総力を挙げろというではないか。

その理由は、異次元からこの世界に侵入せんものと虎視眈眈《こしたんたん》たる魔王ヨグ＝ソトースなるふざけた存在の二代目誕生を未然に防ぐためだと来た。

「軍人である以上、全軍を統括する首相の命令には従わざるを得ませんが——神と信じてその名をお呼びになりますか？」

「とんでもない」

アレキサンダー大将は咥えていた葉巻を灰皿の上で押しつぶした。葉巻の悲鳴が聞こえそうな圧殺ぶりであった。

「クトゥルー、クトゥルー。その名を思い出すたびに首相と腹心たちは発狂しているのではないかと思わざるを得ん。そのたびに、これは国是《こくぜ》であると言い訳しておるが、それもこの戦争終結まではもつまい」

モントゴメリーがうなずくのを見て、大将はやるせない表情をこしらえた。

「だが、今の一事をもってしても、この世界に我らが理知と信じる概念では解決できぬ事象が存在することは認めざるを得ん」

「お待ち下さい。大将――」

「我らは、黄金の夜明け協会と、神智学協会との併立を認めた国の民なのだぞ、中将」

「しかし、彼らは、魔法を科学的に解明せんとする間違った道楽者にすぎません。その彼らにして大いなるクトゥルーや盲目暗愚の宇宙王アザトホース、千匹の黒小山羊の母シュブ＝ニグラスなどを信じているとお考えでしょうか？」

「信じてはおらぬだろう。これはあくまでも、英国人気取りの米国人《ヤンキー》作家の手になる想像力に欠けた妄想の大系だ。その作者も米国の僻地ですでに息を引き取った。だが、その妄想とやらが真実なのだと、戦争継続内閣は言う」

「遥かなる太古、生命の誕生遥か以前に地球へ飛来した数々の生命体、彼らは〈旧支配者〉と呼ばれ、相互の闘争を経て、今は海底や地中、他天体に姿を消したものの、その夢の中で常に地球の征覇を夢見ている――そして、星辰がある位置に達し、夢の深みから浮上した一刹那、世界は致命的な大災害に見舞われる――軍人が信ずべき話ではありません」

「だが、上層部は信じろというのだ。また、信じずにこれに関する任務を実行しようとすれば、必ずや不本意で致命的なミスを引き起こすと、わしは見る」

「仰せのとおりです。しかし――」

と言いかけて、モントゴメリーは搦《から》め手から攻めることにした。

「そもそも、チャーチル首相と側近たちは、本当にこの三文文士的設定を信じているのでしょうか？」

「信じようとしている、というのが正しいところだろう。問題は、クトゥルー絡みの超常現象ともいうべき事態が、世界中に発生している事実だ」

「資料を読みました。一九二五年、ニュージーランド船籍のスクーナーが、南太平洋上で、クトゥルーの眠る古代の奥津城〈ルルイエ〉に上陸し、ついに現代人としてはじめて大いなる妖神と遭遇、乗組員一名のみが必死の思いで逃亡、救助されました。

また一九二八年の夏には、米マサチューセッツ州の寒村ダンウィッチに、不可視な魔性が降臨し、魔道に長けた学者たちの手で、消滅させられた。魔物はヨグ＝ソトースの双子の実子の片割れでした。

また、一九三〇年九月の、米ミスカトニック大学南極探検隊は、氷の大陸の奥に、人類が目撃したこともない大山脈を発見、その麓の洞窟から、〈旧支配者〉の代表ともいえる〈古のもの〉の化石を掘り出しました。山脈の背後には巨大建造物の都市が広がり、侵入した隊員たちは、〈古のもの〉が造り出した原型質状の怪生物〈ショゴス〉に襲われて、からくも脱出した際、山脈の彼方にさらに高く巨大な山脈を確認、目撃者は今なお精神に異常を来たしています」

「この眼で見ない限り、信じるのは難しい事例ばかりだが――」

曖昧《あいまい》な表情を浮かべるアレキサンダーへ、モントゴメリーは切り込んだ。

「信じていらっしゃいますね」

動揺が初老の顔をこわばらせた。

「――半ば」

「どういうことでしょうか？」

「君が挙げた最後の例の中に、狂気の山脈を目撃して発狂した男がいたな。その看護を一二年に亘って担当しているのは、私の姪なのだ」

「………」

「七、八年前、ヴァーミンガムに帰省した際、よくよく気にかかっていたのだろう。患者の状況を逐一、私にだけ聞かせてくれた」

「そんなにリアリスティックな内容だったのですか？」

「いや、それだけならまだ信じられなかった。というか他人事で済んだろう。だが、姪はわずか三〇秒だが、その患者を八ミリで撮影していたのだ。没義道女《もぎどうおんな》と言ってくれるな。私は良くやってくれたと思う」

「………」

「半年前、久しぶりに私に会ったときの君の驚愕の表情は今も忘れておらん。別人のように痩せこけておったからな。今もこれからも――死ぬまでこのままだろうて」

このまま黙っていられたらいい、とモントゴメリーは考えたが、そうもいかなかった。

長い長い間を置いて、彼は訊いた。

「それは――フィルムを見たせいでありますか？」

将軍はうなずいた。

「正直に言おう。わしはいま、クトゥルーという存在を、この世にあり得べき恐怖の意味として、十全に信じておる」

モントゴメリーは、内心ああと呻いた。

「従って、私はチャーチルも信じる。人間同士による戦いよりも、この星の存続、人類の安寧と発展にとって遥かに重要な戦いが、嘘いつわりなくこの灼熱と熱砂の地で展開しつつあるのだ、モントゴメリー中将。私は政府の指示に従い、全兵力を独軍よりも一台の戦車の捜索と捕獲に注ぎ込むつもりだ」

「仰っしゃることはわかります」

モントゴメリーは、どうしようもない不信の暗雲が胸中に湧き上がるのを意識した。おれたちのトップは狂人なのか。

将軍は、それまである意味救いを求めるような眼で彼を見つめていたが、急に、強い光を湛えて、

「見るかね、中将？」

と訊いた。

「は？」

とぼけたつもりだが、モントゴメリーの下半身は異様に冷たかった。

「姪がわしに見せたフィルムのコピーを持って来ておるのだ。見るかね？」

返事はできなかった。

「これを見れば、全てを受け入れられるだろう。しかし、それは君を支えて来たこの世界の森羅《しんら》

万象《ばんしょう》が塵と化すことを意味する。安らかな眠りは永遠に訪れんかも知れん。だが、同時にそれは、異世界の戦いに身をおくための準備が整うことをも意味するかも知れんのだ。覚悟は決まるだろう。見てみるかね？」

軍人よりも研究者に見られるモントゴメリーの端整な顔が、露骨な苦悩に歪んだ。

「ヒトラーもクトゥルーについては知っているのでしょうか？」

「恐らく我々より、ずっと早くずっと深くな」

「彼も見たのでしょうか？」

「恐らくな。ナチの一部は、結党より古い時代からオカルト結社をこしらえていたと記録にあるそうだ。ヒトラーもその一員だったに違いない。これは未確認情報だが、奴らの探検隊がヒマラヤの奥地や南極の中心部に入り込んだという。トウチョ＝トウチョ人や、地底王国シャンバラを目指したものだろう。アメリカ東部の港町インスマスにも旅人や観光者に身をやつして潜入し、半分はＦＢＩに逮捕され、半分は行方不明と聞いた」

「色々、ご存知ですなあ」

将軍は、優秀な部下を睨んで、

「ナチはそこまで先んじているということだ。我々も覚悟を決めなくてはならん。モントゴメリー中将、北アフリカでの戦いは、ムッソリーニの道楽に独軍が付き合ったに過ぎん。ヒトラーの眼はソ連に――〈バルバロッサ作戦〉に注がれておる。そこで勝利するには、ソ連の力だけで何とでもなる。だが、ヒトラーの片方の眼が向いているのは、この地だ」

「それにしては、戦力が不足していませんか？　御説のとおりなら、全独軍の兵力をアフリカへ注ぎこんでもおかしくなさそうですが」

「それは、チャーチルも同感だ。ベルリンにいる間諜《スパイ》全員に、情報収集を命じておる」

「………」

「それより、私の関心事は君だ。モントゴメリー中将、姪のテープを見てみるかね？」

「それで、私もヒトラーと同じになると？　将軍、失礼ながら、お顔が独裁者に似ておりますぞ」

「では、クトゥルーのために、ひとつ手を打ってみるか」

将軍は苦笑を浮かべた。勿論、冗談のつもりであった。

3

ベルリンの大本営から、一台の軍用ベンツが北へと向かったのは、その日の早朝であった。

ベンツは総統府直属を意味する党旗を翻《ひるがえ》しながら、信号といえども一度も止まらず、三時間で目的地に着いた。平均速度は八〇・二キロであった。

軍服の上に革コートをまとった長靴の男が、ひとりで目的地――黒い森《シュヴァルツヴァルト》の木立ちに囲まれた別荘風の建物の門扉を叩いた。

少しおいて白髪頭の老婆が顔を出した。

自分の姿が老いた瞳に焦点を結ぶ前に、将校は右手を斜めに上げてハイル・ヒトラーと唱え、手にした鞄から、一本の鍵を取り出した。どこでもありそうな扉を開くための、変哲もない鍵であった。

手渡されたそれを老婆はじっと見つめ、将校を室内へ導いた。

平凡な百姓屋の内部であった。だが、九二歳の老婆がここで生まれてから、昔どおりのものは、もうひとつもなかった。

彼女は北向きの壁に近づき、支柱の上にかかった古い鳩時計の蓋を開いて、その鍵穴に鍵を差しこんだ。

年齢のせいで手は小刻みに震えていたが、それ以外はスムーズな動きだった。その間、将校が背を向けているのが不思議だった。見てはならぬのだ。

鈍いモーター音が鳴り、やがて止まった。

将校はふり向いた。

壁はいつの間にか失われ、その奥にエレベーターと思われる鉄の空間が口を開けていた。十五年前にその到着地点ともども建造された品である。

将校は大股に部屋を横切ってその中に入った。右側の壁に鉄の桿《レバー》がついている。老婆がそれを倒すと、下降しはじめた。

十五秒きっかりで止まった。

眼の前には鉄の格子が斜めに走っている。老婆は桿を戻して、それを左右に割った。

地下五〇〇メートルに開いた空間の構造も、施設建造に要した時間も費用も人数も老婆にはわからない。将校の名も身分も知らぬ。それは将校も同じだった。

彼が知っているのは、老婆にあの鍵を渡すこと、そして、必要な情報を与えることであった。

鉄格子の向うにはコンクリートで囲まれた廊下がつづいていた。明りは天井に電灯が嵌めこまれている。

老婆は先に立って歩き出した。その野暮ったい上着やつぎだらけの長いスカートが、周囲の光景とかけ離れているために、将校にはアブストラクト絵画のように映った。もっともそこに軍服姿の自分が加わった効果に、将校は気づいていない。

目的地は二〇メートルほど先に見えていた。リノリウム張りの大扉はベルリン大本営の地下壕を守る扉より十倍も頑丈そうだ。この施設全体の見積りを提出された当時の経済省長官は、ベルリンの街が一〇も造れるぞと眼を剥いたものだ。

扉を開いたのも、例の鍵であった。

自然に開いた扉の向うへ眼をやって、将校は脱力感に身を委ねることに決めた。

廊下は一直線の架橋道路となり、その左右に見渡す限り、巨大を超えて広大な発電機構が広がっているのだった。

将校の経験からして、一基五万ボルトの発電器が見渡す限りざっと一〇〇〇。地の底から滲出《しんしゅつ》してくるような響きは、全てが稼働中であることを物語っていた。この施設は完成して十五年を経た今まで、一秒の休みもとらずに電気を生産しては、発電器のトップにつないだ高圧電線を通してある場所へと送り続けているのだった。その燃料が、太陽光だと知れば、おぞましきユダヤ人の天才アインシュタインや、非ユダヤ系のハイゼンベルク・ヴァイツゼッカーらも驚倒するに違いない。五平方キロの総統府直轄地は、ボタンひとつで巨大な太陽光吸収パネルが地中からせり出し、地下の全施設の稼働をまかなう全エネルギー量を保証するのだった。シュペーアの莫迦者めが原爆などに肩入れするより、こちらのエネルギー開発に金を出す方が、よほどドイツのためになるぞと将校は胸の中で罵った。ヒトラーも興味を示さなかった原爆開発に資金を投入してきたのは、アルベルト・シュペーア軍需大臣だったからである。

将校は顔と手が異様にヒリつくのを感じていた。空気中のイオンの電荷が高すぎるのである。

五〇メートルもの架橋を渡ると、また前と同じスケールのドアがあった。

目的地はその向うだった。

広さはベルリンの一流のホテルのロビー並みだろう。だが、将校には巨大なタンクや計器盤が並ぶ狭隘《きょうあい》な場所としか認識できなかった。

老婆の足が止まったのは、部屋の中央に設けられた二〇メートル四方ほどのプールの縁であった。

プールは白い霧に包まれていた。絶え間なく供給される液体窒素である。手を入れれば一秒足らずで骨まで凍結してしまう。

老婆はここでも将校の意向を伺いなどしなかった。

左の人さし指を同じ左眼に当てると、一気にくり抜いた。眼球は義眼であったのだ。それを左手に受けてから、空洞と化した眼窩に鍵を差して廻し、抜いてから眼球を戻した。

将校は後じさった。窒素の霧が縁を超えて流れ出たのである。

プールの底から何かが浮上してくるのだ。
四、五メートル後退したところで、冷気の侵寇《しんこう》は止まった。
プールに浮かび上がったのは、十個のガラスケースであった。鍵の力か、表面の霜がたちまち溶け、中身が形を整えた。横たわっているのは将校と同じ、軍装に黒い革コート姿の人間であった。ひとりが女で、全員金髪だ。それはヒトラーが理想とした雄々しく美しいアーリア人の具現であったろうか。

「わずか十人」

と将校はつぶやいた。

「こいつらを生存させておくために、この施設をこしらえたのか……」

それは絶望とも聞こえる呻きであった。そのとおり。この地底の巨大施設は、わずか十人の男女の生命を維持するために建造されたのであった。

「総統よりの指示を伝える」

はじめて、将校は口を開いた。老婆への伝言である。だが、それは今、十五年の間、この十名の凍結され眠り続ける男女に向けているような気がした。

冗談じゃない。奴らに聞かれたら、安らかな眠りを邪魔しおって、とその場で消されてしまう。

「彼らのうちひとりは北アフリカへ派遣される。本来ならば一〇人全てといきたいところだが、戦況に鑑みて、他の九人は待機ということになった。明日、輸送隊が彼を飛行場まで運ぶ。そこで彼らは細かな指示を受けることになるだろう。だが、その前に、彼らの力を確認して来いとの総統のご指示だ。自分はそのためにやって来た。協力を要請する」

老婆が拒むことがないのはわかっていた。

「——なぜ、こんな連中を作り出せたのだ？」

将校は冷たい汗が背中を流れるのを感じた。

「実験レポートも読んだし、写真も一六ミリ・フィルムも見た。それでも信じられなかった。こいつらは人の形をした怪物《モンスター》だ。だからこそ、真に必要な時間《とき》が来るときまでここに封じられたのだ。もし、そのときが来なければ、地球が滅びるその日まで全ドイツが眠りを維持していただろう。だが——」

「ついに来てしまった」

つぶやく将校の眼の向うで、ケースの蓋がゆっくりと持ち上がっていった。ふたたび、プールから白いものが立ちこめはじめた。

今度は水蒸気だ。眠り人間どもをこの世界に慣らしているのだった。

そして——

おお、金髪碧眼《へきがん》の男女は、いま彼の前に並んでいるではないか。

将校の口から溜息が洩れた。

それは恐怖ではなく、感嘆の呻きであった。

怪物とは美しさの意味か。

金髪の下の透きとおるような肌、そこにかがやく碧眼の瑞々《みずみず》しさ。そして、新鮮な血を思わせる唇。下の歯は氷に違いない。

この人種的美を見せるために、彼らは生み出されたのだ。レポートで読んだ数字と項目が浮かんだ。

改造費用——十億五〇〇〇万マルク——一人当たり
「ハイル・ヒトラー」

将校は型どおりの挨拶をした。十人は元軍人であった。忘れてはいなかったようだ。

「ハイル・ヒトラー」

十人の斉唱は、深夜の礼拝堂に響く死者の声かと思われた。

だが、将校が一体感を感じたのは、そこまでだった。

碧い眼が赤く変わっていった。唇の両脇が耳の方へと吊り上がり——こんな笑いを人間が浮かべるものか。獲物を見つけた肉食獣、犠牲者を認めた殺人鬼の笑みだ。

ずい、と全員が将校の方へ前進した。

かたわらで、かちりと歯車の噛み合う音がした。老婆が左眼に差した鍵を廻したのだ。

死の前進が止まった。狂気の色が瞳から去っていく。全員が直立不動の姿勢を取ったとき、安堵ゆえ脱力感を将校は両膝で食い止めた。

「自分はドイツアフリカ軍団長エルヴィン・ヨハネス・オイゲン・ロンメル中将である」

と彼は名乗った。

「諸氏の姓名階級及び年齢を伺おう——まず貴官からだ」

向かって右端の男が、明晰《めいせき》な声音で、

「バイロン・メッツェナー、二二歳。陸軍少尉であります」

「シュレージェン・クライスト、二一歳。陸軍少尉であります」

「エヴァルト・フォン・ダッカウ、二二歳。陸軍少尉であります」

「ゼンプ・ハイドナー、二一歳。陸軍少尉であります」

「カール・ダリューゲ、二二歳。陸軍少尉であります」

「レーム・シュナイトハーゲン、二一歳。陸軍少尉であります」

「ミヒャエル・ハーバーマン、二二歳。陸軍少尉であります」

「オットー・ナウヨスク、二一歳。陸軍少尉であります」

「グスタフ・ロベルト・シュス、二〇歳。陸軍少尉であります」

そして、

「エルケ・ハイドリッヒ、二〇歳。陸軍少尉であります」

金髪の娘で回答は終わった。

——全員、少尉か。

ロンメルは暗澹たる胸中を拭い切れなかった。

士官学校出身者とはいえ、よくもこんな前途ある若者ばかりを選抜したものだ。

国家労働党よ、呪われてしまえ——こう胸中を横切る前に、

「総統より今回選出されたのは、、バイロン・メッツェナー少尉だ。だが、やはり総統の命により、全

員にひとりずつその力とやらを披露してもらおう」

と彼は言った。

また老婆の眼が鳴った。

左方の壁に嵌めこまれた鉄扉がゆっくりと左右に開きはじめた。

不気味な感覚がロンメルの足を棒に変えた。

何か途方もないものが自分を待っている。

それを眼にしたら、自分はもうもとの自分ではいられない。

老婆が歩き出した。

兵士たちは動かない。将軍が先頭にたつのを待っている。それこそが、誇り高きプロイセン軍人の誉《ほまれ》なのだ。

どうしようもなかった。


ロンメルは歩き出した。

やがて、ひと気の絶えた広間に、鉄扉の閉じる音だけが、生々しく轟いた。

第五章　血のオアシス

1

　蒼から漆黒へと空が色を変えるにつれて、千億のきらめきはかがやきへと燃えて行く。

「お、ひとつ」

　星はその尾に星くずをまとわせつつ流れた。

「ふたつ、みっつ――いやあ、良く流れるなあ」

　感心したのは、ガルテンスであった。近くで缶詰のシチューを平らげていたバロウも、

「全くだ。しかも、星のかがやくこと。空がいつまでも蒼いぞ」

「今頃、何を言ってやがる」

　とこれも、軍用食《レーション》を口に運んでいた真城が嘲笑った。

「アフリカへ来て何日たったと思ってる。今まで空を見たことがねえのか？」

　聞こえよがしだから、多国籍軍人たちの耳にも入ったが、米独伊は苦笑を浮かべたきりである。どうもこの日本人隊長の嫌味は憎めない。

　例外がひとりいた。

「それ、言いがかりね」

　赤ん坊を抱いた酢である。

「子供の耳に入れる、教育によろしくない。言葉を慎しむよろし。あなたのような大人、大変恥ずかしい。恥を知れ」

真城はにやりと笑って、

「子供はどうだ？　大分、しんどい目に遭わせちまったからな。そう言や、あれから泣き声を聞いてねえ。ま、寝息が聞こえたから、良かったが」

「さすが、ヨグ＝ソトースの赤ん坊あるね。一度もびくついたり、泣いたりしない。寝る子は育つよ」

「そして、世界を破滅に陥《おとしい》れる、か。ひょっとしたら地球より、いや宇宙よりでかくなるかも知れんぞ」

「ふひゃふひゃ、それは面白い。こんな世界、破滅してしまえばいいね。それとも、ダンウィッチで失敗した、他所の場所へ持っていくというの、してみるあるか」

ケラケラと笑うでぶの方を、女——シュラナを残した全員が、妙に陰気な眼で眺めた。

「破滅してしまえばいい、か」

ガルテンスがつぶやき、

「おれも賛成だ」

とバロウがうなずいた。パーゲティは沈黙したまま肩をすくめたきりである。

——珍しいな
と真城は思った。

中国とドイツとイタリアはわかる。しかし、バロウまで破滅に同調するか。

思考の重みが、徐々に増していった。

——待てよ。おれもか。

「こんな星、破滅してしまえ」

声に出してみた。あまり実感は湧かず、真城は胸を撫で下ろした。重さは消えなかった。

急に風が起こった。真正面からである。真城は眼を閉じた。

風がこう言った。

「滅びのときは迫っておる。おまえたちは、それに加担しているのだ。赤ん坊を届けることによって」

眼を開けば、耳の奥に笑い声が残っていた。

風の方角へ眼をやった。

シュラナが立っていた。前髪が風になびいていている。

「おまえか?」

声がひどく緊張しているのを真城は感じた。

「いまの声は、おまえか? 何を笑う?」

風がまた吹いた。

女がやや顔をのけぞらせた。笑っているように見えた。

真城の右手が腰のホルスターにかかった。皮蓋《カバー》を外して十四年式拳銃の銃把《グリップ》を握った。凄まじい殺意が身体を震えさせていた。その理由もわからず、銃口を女の眉間に向けた。

ためらいはなかった。

女は動かない。虚ろな瞳の中に、真城は自分の顔をはっきりと見た。それは狂気に彩られていた。

「車長《コマンダー》」

遠くでバロウの声がした。

「やめて下さい。どうしたんですか?」

「邪魔するな。こいつは始末しなくてはならん。ヨグ=ソトースの名において」

「いけません」

声に撃鉄《ハンマー》を起こす音が重なった。

「反抗するか？」

銃口をそちらに向けた。

横合いから鈍い衝撃が腰に叩きつけられた。横転するまでの動きを、真城はすべて感覚していた。

ガルテンスだった。馬乗りになって拳をふり上げている。顎に、ごん、と来た。痛くはなかった。何もかもひどくゆっくり鈍重に感知された。

もう一発来た。右の拳を十四年式で受け、真城は親指を肘の痛点にめりこませた。筋肉を麻痺させ、十四年を下からドイツ人の顎へ叩きこんだ。

ゆっくりとのけぞる。その動きに合わせて真城も起き上がった。

シュラナは元の位置に立っていた。酢が押しやろうとしている。

やるな、でぶ、と思いながら、真城は狙いをつけた。

いきなり、右手が持っていかれた。

十四年式が吹っとんだ。

右斜め前方に、コルトの狙いをつけたバロウが驚きの表情を背後に向けていた。

右手を伸ばしたパーゲティの立ち姿は、美しいとさえ言えた。発射と排莢と装填とを終えたルガーP08は、トグル・リンクを戻し銃口から青い煙を吐いていた。

――イタ公め、洒落た真似を
ガルテンスが眼前に迫った。

「来るか、ナチ公」

悪罵《あくば》は覚えている。

気がつくと、テントの中で大の字になっていた。

「大丈夫ですか？」

バロウがこわばった表情を見せた。

「おお。どうなったんだ?」

「ナチ公と悪態をついた途端にひっくり返ったのです。ガルテンスのパンチが効いたのでしょう。時間がかかりましたが」

「おかしな話だ」

真城は顎に手を当てた。骨まで痛みが食いこんだ。

「ボクシングは毛唐に敵わねえ。だが、一矢は報いてやったぞ。見たか?」

ここで彼は剛気な副官の異常に気がついた。

「どうした? おれの顔に何かついているか?」

「いえ――夢を見ていたようですが、覚えていますか?」

「夢? 何かあったのか?」

「うなされていました」

「まさか。餓鬼の時分から寝つきは良くて有名なんだ。よく寝るいい子だ。嘘をつくな」

「本当です。みな心配していますよ」

バロウは次の言葉を続けようとして、口ごもった。

「どうした?」

「自分もそうなんです。パーゲティに言われました。ガルテンスも同じです」

「パーゲティと――酢は?」

「昨日、聞きました。車長そっくりの声でうなされてました」

「みんなか……どんな夢を見てるんだ?」

「これは自分の意見ですが」

バロウは唇を舐めた。

「おお」

「――我々がヨグ＝ソトースと契約してここにいるのも、そのせいかも知れません」

「――どういうこった？」

「悪夢の原因を、神の力で消してもらおう、と考えたのかも」

真城はうーむと腕を組んだ。

「――ありそうな話だ。しかし、そこまでして忘れたいなんて、おれたちは何をやらかしたんだ？」

返事は無論ない。

「知らん方がいいのかも知れんな――もう休め」

敬礼をして、バロウは去った。

枕元の水筒からひと口飲《や》ってから、しばらく休んで気を落ち着け、真城はテントの外へ出た。

星のかがやきが迎えた。

夜空を眺めるのにおよそ縁がないと思っていた自分でも、呆れるほどの星の海だった。

腹腔に広がった不快な澱《おり》が、束の間消えたように感じて、真城は喜んだ。

「――ん？」

とふり向いたのは、数秒後、背後に気配を感じたからだ。

赤ん坊を抱いた女の頭上で、星々はさらにかがやきを増したように見えた。

「――酢はどうした？」

恐らく眠りについた隙に、二人でテントを出て来たものだろう。返事が来るはずもないと知りながら訊いてしまったのは、やはり真城が吹っ切れていなかったものか。

「丁度いい。赤ん坊のことはわかってる。おまえは何者だ？　イカれたふりをしてはいるが、おれの言うことくらいわかるんだろう。ヨグ＝ソトースてのが、どれほどの力を持ってるのか、正確におれは知らん。だが、今みたいな状況を造り出せるんだ。とんでもない実力の持ち主に違いない。そこへ余計者が現われた。ヨグ＝ソトースがその気になれば、たちまち排除されちまう程度のゴミなのに、平然と一緒にいる。あれか、ヨグ＝ソトースの縁者か？　それとも神様の弱味でも握っているのか？」

風が砂を吹きかけて来た。

「例によってお答えはなし、か」

真城は十四年式を抜いた。

それしか状況に変化はない。

「何の反応もなし――かどうかは射ってみなきゃわからんが、さすがのおれもそれは出来ん。どうだ、正直に腹を割って話さんか？」

凄まじい痛みが脳内で爆発したのは、次の瞬間であった。それがどれ程のものだったか、真城は一瞬、痴呆状態に陥った。思考は宇宙の彼方へ四散し、五感は永劫に八つ裂きにされる。あと数秒で彼は完全な狂人と化していただろう。

そのとき――狂乱する聴覚に、ある声がすがりついた。

人間のものとは思えぬ苦鳴――これを放つのは、狂気の渦潮《メエルシュトレエム》に巻き込まれたものだ。

苦鳴の手は視覚をも捉えた。

真城が見たのは、砂丘の陰に眠る二つの毛布姿だった。バロウとガルテンスだ。

あのたくましい兵士たちが鬼哭啾啾《きこくしゅうしゅう》ともいうべき声で、夜気を震わせている。

「これか——おれもこんな声を上げていたんだ」

真城は耳を押さえた。女のことも赤ん坊のことも脳裡から消えていた。

「起こしてやらなきゃ、気が狂うぞ」

こう思いながらも、近づくのはためらわれた。

2

また、上がった。

ひとつは赤ん坊を入れたテントの中から。もうひとつは少し離れた戦車のそばからだ。酢とパーゲティだった。みなうなされ、すすり泣き、絶叫を放っている——夢の中は地獄なのだ。

「みんな、どんな夢を見てるんだ？　おれたちは眠ってもくつろげないのかよ？」

狂気が真城の精神にとびついた。

ひときわ高い叫びが噴き上がったのだ。

たくましい影が月光を跳ねとばした。ガルテンスだった。

「おれじゃない。おれは何もしていない。見ていただけだ。そっちへ行くな。行くな」

毛むくじゃらの腕が、見えない誰かの肩を掴んで引き倒した。

行くな　行くな　行くな
掴んでは引き戻し、放り出し、またひっ掴んで——ガルテンスにとって夢は現実なのだ。

かたわらで、バロウが起き上がった。ガルテンスの叫びで覚醒したのである。テントから酢が現われた。パーゲティも毛布を跳ねとばした。

夢を現実の狂気に浸り切るガルテンスを、バロウが羽交い絞めにした。

「眼を醒ませ！」

体格では劣るアメリカ兵の腕を、ドイツ人は簡単にふりほどいた。たたらを踏んだ顎へ一発叩きこんで、毛布のそばの銃を掴んだ。MKb《マシーネン・カラビナー》42(H《ハーネル》)――。短機関銃MP38・40で有名なヒューゴ・シュマイザーが設計した機関騎兵銃だ。

右へ跳んだバロウの元の位置を、七・九二ミリ・クルツの弾頭が砂と小石を撒き散らした。

「やめろ！」

パーゲティがルガーを構えた。

銃声が轟いた。セコい音だった。MKb42ともルガーとも違う。だが、ガルテンスの構えは大きく右へ崩れた。

その足下へバロウがとびかかり、わずかに遅れてパーゲティも跳び乗った。

「行くなあ」

叫びと二人の男が宙に舞った。

立ち上がったパーゲティは騎兵銃を離していない。

銃口が真城の方を――それて、シュラナを向いた。

真城は真正面からとび込んだ。

何に見えているものか、月光の下でガルテンスは引金を引いた。毎分五〇〇発を誇る武器は、しかし、静まり返っていた。真城の十四年式拳銃は、機関部を破壊していたのだ。

ガルテンスがMKb42を捨て拳をふるった。凄まじいパワー・フックが風をえぐって真城の顎へととぶ。

バロウは見た。

日本人の身体が拳と同じ速度で同じ方向へと流れるのを。風に吹かれたような動きであった。

パーゲティは見た。車長の両手が岩のような拳を、ふわりと包むのを。

酢は見た。

日本人が滑らかに弧を描いた刹那、一〇五キロの巨体が凄まじい勢いで宙に踊るのを。

三人は見た。

仰向けに倒れたガルテンスの鳩尾《みぞおち》に真城の拳が吸いこまれ、げっとひとことと、失神させるのを。

およそ物理法則に反したような戦いに呆然と立ちすくんでいた三人は、ひと息ふた息ついてから、一斉に駆け寄った。

「初めて見ました、日本ジュードー」

パーゲティの声は興奮にゆれていた。

「しかし——また寝ちまいましたよ」

とバロウが苦い声を上げた。

「元の木阿弥か。いいや、上体を起こせ」

米兵とイタリア兵がたくましい身体を立てると、真城は背中に廻って、両肩を押さえ、右膝を背骨の中間——やや右下に当てて鋭く押しつけた。

けく、と洩らして、ガルテンスは身を反らせた。

「活を入れた。これで大丈夫だ。みな休め」

と言われても、それじゃと行ってしまう者はない。全員注視のうちに、ガルテンスは頭をふって四人を見返した。

「――何をしているんだ、おまえら？」

いかがわしい者を見る眼つきであった。全員、顔を見合わせ、バロウが何か言おうとしたが、やめた。

「こいつら――何です？　自分をこんなところへ連れて来て、何をするつもりだったのでしょうか？」

「明日にでも訊いてみろ」

真城も苦笑するしかなかった。ガルテンスに憑いたものはようやく落ちたらしい。他の連中を見廻し、

「というわけだ。さっさと休め」

こう命じてから、シュラナを探した。

もとの位置から少しも動いていないように見えた。

ひとつだけ違った。

腕の中で小さな顔が真城を見つめていた。

山羊に似た、可愛らしさとは百億光年も無縁の顔の中で、小さな瞳が星の光と真城を映していた。日本の八卦見《はっけみ》が見たら、こう言ったかも知れない。

「この子――嬉しがっておるぞ」

「酢――赤ん坊を保護しろ」

と命じて真城はテントの方へ戻った。

バロウがやって来た。

「色々と話したいことがありますが――ひとつだけ」

「明日にしろ」

「あの女――どうするつもりです？」

真城は耳を押さえて、

「帰れ。聞きたくない」

とイヤイヤをしてから、

「手も足も出ないな」

と言った。

「しかし、このまま連れて行くのは、やはり危険です」

「どうにか出来ると思うか？」

「いえ」

「なら連れて行くか殺すしかねえ。殺せると思うか？」

「――やってみなくてはわかりません」

「おれは命令せんぞ。あの女――どうも嫌な感じがするんだ」

「どのような？」

「陰の大物」

「はあ」

「まだ実感がねえな。おれも実はそうだ。だが、あの女にはしばらく手を出すな。ずっととは言わねえ」

「いつまでです？」

「遺跡に着くまでは、だ」

そう言ったのは、シュラナの唇であった。

離れたテントでの会話を、この女は再現しているのだ。

「わかりました。しかし、その前から、あの子を遠ざけておかなくてはなりませんぞ」

間違いようもないバロウの声だ。その再現だ。

「わかってる。あの女もヨグ＝ソトースの神殿へ入れるわけにはいかん」

真城の声はこう言ってから、急に恫喝《どうかつ》するかのように、

「――これは命令だ。それまで、あの女には手を出すな」

「イエッサ」

会話は終わった。

シュラナは月光の下に立ち尽くしていた。

今の会話が何を意味しているのかわかるにせよ、そうでないにせよ、いま、シュラナに状況が期待するのは、何らかの感情表現だ。怒り、悲しみ、憎悪――その種類は問わず、女はそれを表情や眼の光で表現しなければならない。

だが、陰の大物と、真城が揶揄とも本気ともつかぬ口調で評した女の顔は、いつまでも変わらぬ無表情の仮面であった。

噴怒せよ、憎め、泣け、笑え、いや、狂気でもいい。絶叫してくれ。頼む。

いいえ。

なんて怖ろしい。


砂の彼方に、木立と家らしい形が見えて来た。

オアシスだ。

土も砂も風も焼けた砂漠にあって、地下水が豊穣な土地を約束する一地帯は正しく生命の拠点といえた。

地下水の規模によっては、農作物を育成することも可能なため、水や植物だけではなく、村落が形成される場合もある。いま真城たちが認めた建

物は、そんな家に違いない。

「走行停止――バロウよ、ここは中立だよな？」

「イエッサ。どこの国も手を出してはいません」

「では、水と食料を買い上げろ。グダグダぬかしたら銃で脅せ」

「待って下さい。それでは原住民の反撥《はんぱつ》を招くだけです。彼らには土着の魔法使い《ソーサラー》も含まれています」

「何が魔法だ？　こっちは神様だぞ、遠慮するな。珍しいものは取れ」

「しかし、それは――」

「うるへえ。おめえの国も原住民から何から何まででかっぱらったじゃねえか。善人面して口拭ってんじゃねえ――ガルテンスと酢以外はついて来い」

真城は真っ先に地上へ下りた。愛銃はＭＧ42だ。首と肩に給弾ベルトを何重にも巻いている。合わせて二十キロを超す重量を物ともしない。武器は昼近い陽光に鮮やかなかがやきを放った。

かなり大きな村である。家や倉庫らしい建物もあちこちに散らばって、その間を畑が埋めている。

「空気も湿ってる。これがまともな世界ってもんだ。おや、餓鬼がこっち見て脅えてやがる。こら、怖がるんじゃねえ。食料と水が欲しいだけだ」

真城はいちばん前に出ている子供に、にんまりと笑いかけた。向うも笑った。

「こら坊主――村長は何処だ？」

言ってから、しまった、言葉が通じねえ、と思ったが、少年は大きくうなずき、背後の建物のひとつを指さした。

「そうか、ありがとよ。おい、バロウ、この餓鬼にチョコをやれ」

「そういうやり方はやめませんか？」

副官はうんざりしたように抗議した。

「何がやめろだ。子供ってのはいつも甘いものに餓えている。喜ぶぞ」

真城は構わず目的の家屋の前に立った。

「村長はいるか？」

声をかけると、少しおいて、腰の曲がった白髪白髯の老人と若い女が現われた。老人は杖をついていた。

ひと目見て、

「おっ、美人」

と真城はでかい声を上げた。浅黒い美貌が恐怖を露わにする。

「失礼ですが。自分に任せて下さい」

　バロウが前へ出た。このリーダーに任せておいたら、道は破滅へつながりかねないと思ったのだ。

　強い口調に、真城は渋々と横にのいた。

「失礼しました。我々は連合軍の者です。水と食料を購入したい。出来れば速やかにお願いする」

　女は笑顔になった。老人もうなずいた。

「金を払うならよかろう。ナジ――世話をしてやり」

　娘が一礼して、遠巻きにしている村の連中へ、その旨を伝えた。慣れているらしく、人々はすぐに手分けして作業に取りかかった。

「おい、パーゲティ、シートとロープを用意しろ。水筒もだ」

「了解」


　手際よく進む状況を、追放された真城は木の下で、にやにや眺めていたが、バロウがやって来るのを見ると、たちまち苦々しい表情をこしらえ、

「アメリカさんは、原住民を手なずけるのが上手いらしいな、え？」

「そういう言い方はやめて下さいませんか」

「けっ」

「ガルテンスと酢も木の下で休ませたいと思いますが」

「あー、好きにしな」

「イエッサ」

　バロウは踵《きびす》を返した。

　そこへ、最初に話した少年が、二人の仲間を連れてやって来た。

　にこにこと真城を見上げている。

「何だ、チョコレートか？」

「ううん」

と首を横にふって、ＭＧ42を指さした。

「それ、射ってみせて」

「何イ？」

「機関銃だろ？　前にやって来たフランスの兵隊さんが、別のを持ってた。ダダダって射ってくれたよ」

「ふーん」

真城は唇をへの字にして、少年たちを見つめた。みな十歳になっていまい。男の子にとって、戦う兵士や武器は憧れの的なのだ。

3

真城はじろりと三人を見下ろし、

「おまえたち、約束を守れるか？」

と訊いた。

「うん」

「勿論さ」

「守るとも」

どの顔も本気だった。

「よし。じゃあ、こう約束しろ。おれたちは、誰かと武器を取って戦う羽目になっても、最初の一回だけは逃げます」

「え？」

三人が声を合わせた。

「その後は何にも言わん。だが、最初の一回は逃げ出せ。誰が何と言っても、親兄弟が危い目に遭っても、おまえたちは逃げろ。そう約束しろ」

「そんなこと出来ないよ」

「あんた玉無しだろ」

二人の仲間は、足下の砂をすくうと、真城に投げつけた。

「おれは帰る。汚らわしい」

「こんな大人の仲間になるなよ、サウド」

混乱した風に、立ち去る二人を見送る少年のそばに片膝をついて、真城は訊いた。

「おまえは残るのか？」

「――おれだって逃げないよ」

と少年――サウドは首をふった。

「ほう、じゃどうして仲間と行かない？」

「逃げないけど、殺し合うなんて嫌だ。見も知らない相手にそんなこと出来ない。おれは意気地なしなんだ」

真城は小さな頭を撫でた。

「おまえは意気地なしなんかじゃない。まともなだけだ」

来い、と声を出して立ち上がった。

「え？　おれは逃げないよ」

「いいから来い。矛盾するようだが、男の子に何でもかんでも駄目だってわけにはいかねえだろ」

「車長」

と声がかかった。真城はふり向いて、

「何だ、バロウ。おまえ、まだいたのか？」

「イエッサ。その子には、自分が射ってみせましょう」

「何でだ？　邪魔するんじゃねえ」

「車長が逃げろと言っておいて、機関銃を射つのは、言行不一致です。自分は何も言っていません」

「そらまそうだが」

「お任せ下さい」

「このヤンキーでいいか？」

真城が訊くと、サウドはうなずいた。

「よっしゃ、任せた」

真城は二〇キロの武器と弾薬を副官に放り投げた。

そのとき、戦車の方で驚愕の叫びが上がった。

「坊主——悪いがダダダは後廻しだ。行くぞ」

とバロウに声をかけ、MG42と弾丸を奪い返すと、真城は声のした方へ走り出した。

状況はすぐに呑みこめた。


戦車のそばに赤ん坊を抱いた酢とシュラナが立っている。五メートルほど離れたところで、村長よりさらに年齢《とし》を重ねた老人が、右手の杖を三人に向けていた。

すぐそばに村長の娘——ナジがいるのを見て、真城は、こりゃしめたと別の意味でにんまりした。

「誰だ、その爺さんは？」

「ジャスタル——村の占い師です」

美貌を占めているのは恐怖だった。

真城にも事情はすぐに理解できた。

「誰が、この悪魔の赤児と女怪とを連れて来た？」

老人はひびの入った声で呻いた。杖が激しくゆれた。

「千年もわしの家に伝わって来たアラーの護符

が、さっき粉々に砕け散った。その悪魔たちの仕業だ。なぜだ？　なぜこの平和な村へ来た？　おまえたちに利するものなど何もない、小さな砂漠の村だぞ」

「食料と水を補給しに寄っただけね」

と酢が言った。

「それが済んだら、すぐ出て行く。再見」

「もう遅い。もう遅い」

と占い師――ジャスタル老人は繰り返した。

「そこにいるだけで、村は永久に呪われる。運命は決まったのだ。わしに出来るのは、一矢を報いる他にない。――これを見ろ」

老人は杖を下ろすと、地面の上に一本の横線を引いた。

「酢――戦車に入れ」

バロウが叫んだ。

呪術者の引いた線が太さを増した。シュラナの方を向いた縁が、黒い反物を広げたようにのびて行くではないか。

砂地が沈んでいく！

それは数メートルのことか、それとも無限里の地獄の底か。大地の陥穽《かんせい》はシュラナの足下も呑みこんだ。

誰も声を上げなかった。一瞬のうちに凝縮してしまったのである。

次のひと声は、オアシスの誰が聞いても意外な言葉だった。

「やっぱりな」

真城は同意し、声の主を捜して視線をとばし、自分だと気がついた。

シュラナは同じ位置に立っていた。重力から解放された女の髪が風になびいた。

老人は両手で口もとを覆った。洩らしてはならない声を防ごうとしたのだ。顔が変わって行く。命じているのは恐怖だった。急に手が下りた。もう怖がってはいなかった。老人は笑っていた。唇が垂れ下がり、汚ない歯並みをのぞかせただらしのない笑顔だった。声も同じだった。

「ヘラヘラ笑ってやがる」

と真城はつぶやいた。

MG42の銃口が、ぐいんと弧を描いてシュラナをポイントした。

「おまえだな？　爺さんを狂わせたのは、おまえだな？」

「おれたちの任務に害を成すものとして処断する」

誰かがヘラヘラと笑った。

真城はふり返った。取り巻く村人たちが何人か、老人と同じ笑いを浮かべていた。

「貴様あ」

狂気伝染の原因へ、真城はMG42を叩きこんだ。

シュラナはゆっくりと左へ歩き出した。子供の足でも優に追いつき追いこせるスローモーぶりであった。

真城は眼を剥いた。

彼はシュラナの移動速度を計算に入れて、七・九二ミリ弾を送り続けている。

それが追いつかないのだ。一ミリずれても命中しなければ無駄弾丸《だま》だ。初速八五三メートルの弾丸は、シュラナまで〇・〇一秒かからずその身体を貫通する。

　それが届かない。真城の弾丸はことごとくシュラナの後方戦車の装甲で火花を上げ、或いは砂漠の彼方に消え去った。

「何じゃ、これは!?」

　立ちすくんだ肩に灼熱の痛覚が走った。

　村人だ。狂った村人がいつの間にか旧式のライフルを放ったのだ。

　熱風が銃声をちぎり、別の銃声が追った。

「戦車へ戻れ！」

　真城は地面へ弾幕を張った。銃声は熄《や》まなかった。タイガーへと走るパーゲティがのけぞる。

「野郎！」

　足を狙って射った。

　たちまち横倒しになる。それでも射って来た。

「やめろ、莫迦野郎！」

　命中。

　真城は眼を剥いた。村長と娘が倒れていた。どちらの手からも落ちたライフルがかたわらに並んでいた。

「車長――戦車へ」

　バロウの声であった。

　地面へ威嚇射撃をしながら、真城は後退した。止まった。

　娘の下へ小さな影が駆け寄ったのだ。サウドだった。

「車長!?」

　足音が近づき、左腕が引かれた。ふり払った。

　少年は娘を見つめていた。胸と腹に血の花が広がっていく。真城も少年を見つめた。

少年がこちらを向いた。

虚ろな表情だった。身を屈めてライフルを拾った。

約束だぞ。

と真城は胸の中で言った。声は震えていた。

おれは機関銃を射って見せた。おまえも約束を守れ。逃げるんだ。

小さな身体が三キロを越す武器を肩づけした。足を引いた見事な構えだった。引金を引けば、弾丸は間違いなく心臓に命中する、と真城は確信した。

銃声。ずっと軽い響き。

サウドの眉間に小さな穴が開くのを、真城は見た。

「車長――早く!?」


バロウがまた腕を引いた。右手のコルトが硝煙を吐いている。生命の恩人だ。

真城はタイガーへ戻った。

キューポラから身を乗り出して、

「オアシスを迂回して西へ。元の通路に戻るぞ、前進」

なおもあちこちにチンチンと命中音を立てながら、タイガーのエンジンは吠えた。

オアシスが砂丘の陰に隠れてから、真城はハッチを閉めた。

「仕方がありませんでした」

とバロウはきっぱりと言った。

「契約は履行しなくてはなりません。あなたを失うわけにはいかないのです」

「わかってる。おれもおまえも悪かねえ。あの子もな。だが、これなら戦争の方がましだ。敵を殺したって大義名分が立つからな。おい、バロウ、おまえはどう思う？　これは人殺しだ。どう弁解したって子供殺しだ」

「車長」

「わかってる。だから、誰も悪くねえって言ってるだろ。しかしなあ、それじゃあ気が済まねえんだよ。あの女は何処だ？」

車内を見廻した。

「いねえな。何処だ、ガルテンス？」

「知りません」

「酢？」

「同じあるね」

「パーゲティ、具合はどうだ？」

「左肩に一発食らいましたが、大丈夫です。古いライフルで口径も小さかったのでしょう。酢が弾丸を抜いてくれました。あの女に関しては、外で見かけてそれきりです」

苦痛をこらえた声である。

真城はまたキューポラから身を乗り出した。後方——心残りの方角を見た。

ぞっとした。

遠去かる六、七〇メートル向うにシュラナが立っていた。排気ガスの作る陽炎《かげろう》で歪んでいるが、間違いない。

「止めろ！」

キューポラを叩いて叫んだ。ひどく熱かった。眼を見張った。タイガーは止まらなかった。時速三〇キロで前進を続行中だ。立ったままの女とはぐんぐん遠去かる。

それなのに、女は変わらない。どう見ても元の位置にいる。にもかかわらず、真城との距離は開いていかないのだ。

「化物が――止めろ！」

ガルテンスの返事があった。

「止まりません！」

「ナチは運転も出来ねえのか？　バロウに代われ！」

「もう代わりました。止まりません」

これはヤンキーとナチが同じレベルの兵隊だというのがよくわかった。次のキャンプへ置いてってやろう。

下へ向かって怒鳴り、女へ戻った。

いない。

ぞっとして戦車の周囲を眺め、真城は溜息をひとついた。

「今度、出て来てみやがれ。即銃殺だ」

そして硬直した。

いる。気配も何もない。声もなく、吐息もかからない。

しかし、いる。

真後ろに。

真城はゆっくりと右手を腰の十四年式に近づけていった。

指が不格好な銃把にかかる。

ふり向かず、右の肩越しに射った。

無駄とわかった。

「何処行きやがった」

今度の声は、やや力を失っていた。キューポラにもたれたくなったが、かろうじてこらえ、

「これは戦争か？」

こう言ってまたハッチを閉めた。

第六章　凪とともに

1

今日もポートモレスビーの英軍基地を叩きに出かける途中、敵と遭遇した。

雲がないせいで、約二〇〇〇下を飛ぶ敵編隊がはっきりと見えた。

約一〇機のスピット・ファイアとほぼ同数のP―39――〈空の毒蛇〉であった。

「はい、いらっしゃい。いらっしゃい」

坂井三郎は武者震《むしゃ》いを嬉しく感じた。

ドイツの空軍機を迎え撃ち、ついに英国本土を守り通したスピット・ファイアの実力は十分承知しているが、これまで十度近い激突で、勝てない相手に非《あら》ずとわかっている。ドイツが敗れた――というより諦めたのは、その誇る飛行機群――メッサーシュミットＭｅ１０９やフォッケウルフ等が、実際はスピットと同じ局地戦闘機であり、母国を離れた英本土上空での戦闘が、十分程度しか継続し得なかったせいだ。また不沈艦と謳《うた》われた戦艦〈ビスマルク〉が、太平洋出撃後わずか六日間で海の藻屑《もくず》と消えたのも、航空機の援護がなかったのが原因である。

――ドイツにも零戦があったらな。

こう思った瞬間、坂井は急降下に移った。味方もついてくる。

P-39

――椎名、宮城田、わかってるな。零戦は人が言うほど格闘戦に抜きんでてるわけじゃない。とにかく、敵の斜め後ろに食らいついて落とせ。

名を呼ばれた二人は初陣だ。二週間叩きこんだが、所詮は二週間分だ。生死を賭けた実戦ではそんなもの消しとんでしまう。

――敵を見失うな。後ろにつかせるな。必ず敵の後につけ。

電探ではわかっても、敵のパイロットにこちらの姿は見えていないはずだ。高度六〇〇〇からの逆落としであった。

空中での戦いは、最初の一撃で決まる。いわば不意討ちだ。これを逃して格闘戦に持ち込むのは未熟もいいところだと、坂井は思っていた。

わざと通過させ、敵の後方から突っ込む。

「食らえ」

坂井は二〇ミリ機関砲を射った。左右の翼から一連射三発ずつ。

パイロットの上体が赤く染った。血の霧だ。十二・七ミリまでの機関銃が狙いもつけ易く、弾丸も真っすぐ飛ぶのに対して、二〇ミリ——機関砲の重い弾丸は直進距離が少い上、空気抵抗のせいで弾道がそれてしまうのだが、距離を詰めての一撃離脱戦法にはもってこいだ。

P—39の機体が大きく傾き、黒煙を引きつつ落ちていく。

坂井はふり向いた。

僚機もついてくる。黒い煙は全て敵のものだ。スピットもP—39も、風防の後部は防弾板等でカバーされているから視界が狭い。後方から狙うのはそのためもあった。

機体がゆれた。

地上からの砲撃であった。風防が黒く染まった。油煙だ。破片を食らったらしい。

「しまった」

操縦桿を引いても効きがない。

「おい、ひょっとして、おしまいか⁉」

高度三〇〇〇。呆然としたまま、坂井は敵の飛行場へと落ちていった。

「やりましたね、全機撃墜の上、飛行場にもダダダッと——敵さん、震え上がってますよ」

飯塚上飛曹が声をかけて来た。このベテランの褒め言葉に嘘はない。

ニューギニアの北にあるラエ基地であった。南のポートモレスビーとは、直線距離で三〇〇キロも離れていない。

「しかし、先任、真っ逆さまに落ちていったでしょ？　こらもう駄目だと思いましたけど、よくあんなスピードから起こせましたね。地上まで一〇〇〇もなかったでしょう」

「五〇〇ちょっとだ」

坂井は憮然と答えた。

「わお」

感動の眼差しを注ぎ、しかし、飯塚はすぐに眉を寄せた。

坂井の両眼は常に戦いを終えてなお、その余韻に燃えていた。それが死んでいる。表情も虚ろだ。確かに凄まじい状況だったが、乗り越えたではないか。その辺のパイロットじゃない証拠だ。

「どうしました？」

この世で最もおかしな返事が返って来た。

「おれは死んでたんだ」

「はあ？」

坂井は右手で操縦桿を引く真似をしてみせた。

「びくともしない。脱出しようと風防を開けようとしたがそれも動かない。滑走路がぐんぐん迫って来る。こら駄目だ、と心臓が止まった——と思ったら、急上昇に移ってたんだ」

「はあ？」

「墜落のスピードは急降下の速度と加速度を加えて、三〇〇マイル（約五五五キロ）くらいだったろう。どうしたってぶつかる他はない。機首を上げられたら奇跡だ。だが、奇跡は起こった。起こしたのはおれじゃない。じゃあ誰だ？」

少しの間、飯塚は何も言えなかった。

そのとき――後方から破壊音が迫って来た。

「おれの機だ!?」

ふり向いた坂井が叫んだ。愛機――零戦二一型は見事にひしゃげていた。

「ありゃ、つぶれたんじゃねえな」

と飯塚が感心したように言った。

「きれいにバラバラだ。壊われたって言うより、分解されたみたいですよ」

整備員が機体の下で助けを求めている。見ていた連中が何人かとび出し、比較的簡単に救い出して、救護舎へ向かおうとするのを、坂井は呼び止めた。

「おい――何事だ？」


「これは少尉どの」

あちこち血だらけの若いのが背すじを伸ばそうとするのを止めて、

「おれの機に何が起こったんだ？」

整備兵は眉をひそめた。額を押さえた手拭いが血だらけだ。

「よくわかりません。いや、何が起きたかはわかるのですが、どうしてか、となるとさっぱりです」

「――何だ？　言ってみろ」

「はっ。機体に近づくと、何かが飛んで来たのであります。ここに当たりました」

と額の傷口を指さした。

「何かとは？」

「鋲《びょう》であります」

「鋲？　鋲が飛んで来たのか？」

「はい。あっという間でした。あらゆる鋲がいっぺんに弾け飛んだのであります。ご覧下さい。あのバラけ方はそうとしか思えません」

　そちらへ向けた整備兵の顔には戦慄が溜っていた。

「わかった。行け」

　と伝えて、坂井は動かなくなった。ニューギニアの白い陽ざしが灼けた頬に汗の珠を滑らせた。

「あの速度で急上昇に移ったら、機体には凄まじい負荷がかかる。おれも機体もそのときバラけてたのさ。あれでいいんだ。いま、おれと機体をここまで運んで来たものが去ったんだ」

「先任——大丈夫ですか？」

　飯塚が腕を掴んでゆすった。

　正常な人間の正常な行動と精神が坂井を我に返した。

「お、すまん。大丈夫だ。自分でも意外な芸を見せちまったんでな。一時的におかしくなったらしい。明日、宙返りでもひとつやれば治るさ」

「なら結構です」

　二人は宿舎の方へ歩き出した。

「え？」

　と飯塚が坂井を見つめた。それを訝しげな表情で受け、

「——どうかしたのか？」

「いや、いま何かつぶやいていらっしゃいましたが」

「おれがか？」

「他におりません」

「そらまあ。で、何と言ってたんだ？」

飯塚は苦手な微積分でも解いてるような表情になった。

「その――もうじきだ、と」

「もうじき？　もうじき何か起こるというのか？」

理解できない焦燥が坂井を執拗にさせた。

「自分はわかりません。少尉どの、しっかりして下さい」

坂井は何も覚えていなかった。

敵の滑走路へ激突する寸前から、奇跡の急上昇に移る数秒の間、その頭の中に
もうじきだ
という声が忍び入って来たことも。男とも女とも、否、生きもののものとも思えぬそれにつづいて、奇怪な呪文とも祝詞《のりと》ともつかぬ合唱が、天の高みから、或いは地の底から、絶え間ない流涕《りゅうてい》のごとく続いていたことも。

ン・ガイ・ングアグアア・ショゴグ・イハア……

ヨグ＝ソトース

夕暮れの光よりも夜気の冷たさが砂漠の夜を実感させる。

人間の肌に塩を吹かせる昼の熱と、時として息も白く凍る夜――ある心理学者は〝二重人格の典型的自然〟と砂漠を呼んだ。

いま、ヤク・タイガーは最高時速三〇キロで砂の波を蹴散らして前進中であった。

真城とパーゲティが車上にいた。村での銃撃で左肩を射ち抜かれたイタリア人は、しかし、苦痛

の色も衰弱の風も怯懦《きょうだ》の気配もなく、戦車に揺られている。

「夜はこっちの方が過ごしいいですな」

戦車の外の意味である。真城はうなずいた。

「全くだ。戦車も気持ちがいいだろうよ」

「少尉に言わせると、まだ出現していない戦車らしいですが、どういうことでしょうか？」

同盟国だけあって、このイタリア兵だけはガルテンスを少尉と呼ぶ。

「わからんね」

「未来から持って来たか、自分たちでこしらえたんですかね」

「おまえ、空想小説の読み過ぎだ」

「そうでしょうか。大体、この戦車が何のトラブルもなく砂の海を突っ走りっ放しというだけで、この世の物語じゃありません。おれもローマでドイツのパンサーに乗りました。八八ミリ搭載で六〇トンもあった。ちょっと操縦のタイミングを狂わせただけで、履帯は外れるわ、トランスミッションやクラッチはイカれるわ、浅い溝に落ちただけで動けなくなるわ、ちょっとした坂を昇らせるとエンジン・トラブルを起こすわ、あれじゃ固定砲台や同じ口径の野砲の方が百倍もマシです。こいつは、あれより一五トンは重い。それなのに、故障ひとつ起こさず距離を稼いでく。どれくらいの量の砂がエンジン・ルームにとびこんでると思います？　バケツ十杯だって足りやしない。それなのに平気の平左だ。砂漠はおれに任せろって戦車の中なんざ、本当のところ真っ平なんです」

いまその戦車は悠々と砂の海を進んでいく。

「燃糧だって、この図体ならリッター五〇〇メートルがいいところでしょう。それが一度も補給しないで何百キロ来ました？　オアシスで点検したら、口まで詰まってましたよ。車長、ヨグ氏って何者なんです？　おれたちは、何を条件に奴《やっこ》さんと契約したんです？」

「それ、この子に訊いてみるあるね」

　砲塔の前の方から、酢の声がして、太った影が器用に近づいて来た。二人のそばに来ると、抱いてる赤ん坊を見せた。どんよりした瞳が、覗き込む二人の顔を映した。

「着くまで眠ってるのかと思ったら、起きてることもあるのか」

　真城が苦笑した。

　その眼が限界まで見開かれた。

　彼はパーゲティの方を向いた。イタリア人の眼もとび出している。

「聞いたか？」

「はい《スィニョルスィ》」

「なら確かだ。この餓鬼、いましゃべったよな？」

　今度の相手は酢である。

「そね」

「何て声してやがる。吐きそうだぜ」

「私もある。おえ」

「今度しゃべろうとしたら、窒息寸前まで呼吸をさせるな。いいな？」

「はい《スィ》、あるね」

　そんな無茶な、と文句を言わないのを見ると、これまでに相当聞かされてるらしい。そう言えば、少し痩せたようだ。

「で――何と言ってるんだ？」

「意味不明ある。私もみなと同じようにしか聞こえない。でも、質問すれば答えてくれるかも知れないある」

パーゲティが真城を見つめた。真城は眼を閉じ、腕を組んだ。その姿から流れる鬼気ともいうべきものが、二人を金縛りにした。

2

エンジンと排気音だけが夜を渡っていく。

「いや、やめとけ。相手は赤ん坊だ。質問がわかるとも思えねえ」

「けど――神の子あるよ」

「わかりっこねえよ」

酢は、ははあんと言った。

「読めたぞ、怖いあるね」

「――何がだ？」

「真実だ。あなたはそれを知るのが怖いのあるよろし」

「おかしな言い方をするな、莫迦野郎。このおれが怖いだ？　怖がってるだ？　今度ぬかしやがったら、劣等民族だからって許さねえぞ」

「ヘン、日本人と同レベルね」

「何を、この野郎。おれは指揮官だぞ」

「これは失礼したあるね。車長には逆らえない。本気でやればイチコロでもね」

パーゲティが、やめろと眼を剥いたが遅かった。

「面白え。なら今回は特別に階級はなしだ。それでいいな、デブ野郎」

「おお、結構。日本人には珍らしく勇気有るあるね」

酢がおくるみをパーゲティに押しつけ、腕まくりをして立ち上がった。真城も受けて立つ。

「やめて下さい、車長。戦車の上ですよ」

パーゲティも混乱した風だ。二人がどうこうではなく、赤ん坊が問題なのである。

周囲はすでに闇だらけだ。落ちでもしたら厄介である。おまけにパーゲティは片手だ。

「よし、今回は中止だ」

「後で決着つけるあるね」

「いいや、気が変わった。おまえは後で軍法会議だ。絞首刑を覚悟しろ」

「階級無しと言ったね、この卑怯もの」

「気が変わったんだ、中国でぶ。とっととパーゲティから赤ん坊を引き取れ」

酢はきいいと歯を剥いたが、渋々とパーゲティの方へ手を伸ばした。

イタリア人もそれにならったとき、岩でも踏んだのか、戦車がかすかにゆれた。

「わっ!?」

「あっ!?」

おくるみが四本の手の間で宙に浮き、車体の左後方へ流れた。

「いかん!」

舌打ちする前に、酢が身を躍らせた。

「止めろ!」

真城がキューポラのハッチを開いて叫んだ。

「止めるんだ、バロウ！　赤ん坊が落ちたぞ！」

返事はない。戦車も止まらない。

「おい⁉」

内部を覗きこんで、真城は息を呑んだ。

バロウもガルテンスもいない。ヤク＝タイガーは操縦士もなしに走行中なのであった。

わずかに遅れて覗きこんだパーゲティが、おおと放って十字を切るのを尻目に、真城は怒りに満ちた声で、

「あいつらさぼって何処行きやがった⁉」

赤鬼の形相である。パーゲティは沈黙した。

真城が、うお、と喚いた。ハッチがいきなり閉じたのだ。

「野郎、隠れてたのか、ふざけやがって。開けろ！」

すぐにパーゲティをふり返って、

「おれも下りる。おまえ操縦は出来るか？」

「――何とかなると思います」

「よっしゃ。何とかハッチを開けて戦車を止めろ。それからすぐにあの地点まで戻るんだ。内部《なか》の二人には軍法会議だと伝えろ」

「了解」

敬礼に敬礼を返して、真城は素早くタイガーから跳躍した。

砂がクッションになったが、バランスを崩して転がるのは仕方がない。一応全速前進中なのだ。

空には星がかがやき、砂漠を白く照らしているとはいえ、赤ん坊の落ちた地点までは見えない。

真城はライターに点火して高く揚げた。

「聞こえるか、酢？」

声は何度か木魂《こだま》して夜気に吸いこまれた。

意外なことに、

「ここよ」

何とか聞き取れる声で応答があった。

「よし。赤ん坊はどうした？」

「無事あるね」

「よし」

安堵の息に声を追わせた。

「この光が見えるな。こっちへ来い。戦車もすぐ戻ってくる」

それは自分でも信じていない言葉であった。

「わかったある。行くある」

「よし。ここだ」

右手を肩の位置まで下ろした。

ジッポに冷えた液体がかかって、炎が消えた。

あわてて点火石をこすった。二度目で点いた。


ほっとするより前に、疑惑が真城を捉えていた。

今のは水か？　誰がかけた？

あの女——シュラナの顔が浮かんだ。

同時に二つのことが起こった。

「何よ、これ!?」

酢の驚愕の叫びと、足首から下に広がる違和感。

——これは水ではないか!?

蹴った。まぎれもない水音。

まさか、こんな砂漠のど真ん中に水が？　それも大量に？　オアシスがここにもあったのか!?

まさか、まさか、まさか。

「車長」

光の輪の中に、おくるみを抱いた酢の姿が浮き上がった。水音をたてて走り寄ってくる。真城は足下を照らした。

黒い水が何処までも広がっているではないか。雨ではない。星は冴え渡っている。

酢が辿り着いた。真城はおくるみを覗いた。赤ん坊は眼をパチクリさせている。

醜悪としか言いようのない顔なのに、真城は、ふと笑いがこみあげた。

「放り出されたというのに、元気な餓鬼だな。昼までとまるで別人だ」

「そのことね。私も考えた。あの女がいなくなってから変わったよ」

真城も納得した。

しかし、彼らはすぐ別の異常事態に意識を向けなければならなかった。

「おい、もう腰まで来てるぞ。何事だ？」

「ウイグルの方にも、砂漠に突然、水が流れこんだことがあるね。でも、それは川の乱流。この水とは違うある。これ、お化け水ね。逃げるが勝ちあるよ」

「何処へだ？」

「戦車はどうしたある？」

「パーゲティが乗りこもうとしているが、ハッチが閉まって内部へ入れねえ。しかも内部《なか》には誰もいないと来てる」

「入れない？　アメリカとドイツ、クーデター起こしたか、それは困ったある——どした？」

彼は真城の顔つきに気づいたのだ。

「何かが周りを廻ってる——鰭《ひれ》みたいなもンが見えた」

「鰭？　鮫《さめ》あるか？　まさか」

かすかな光の中で、幽鬼みたいな丸顔が幽鬼そのものになった。

「いや、鮫だの鱶《ふか》だのは、あんなに真っすぐ立ってねえ。だからこそいっそう気味が悪いがな」

「どどどうするある?」

真城は戦車の消えた方角と思しい方へ指を差し、

「あっちだ。行け。おれはここで水の中の奴を片づける」

とジッポを渡すと、右手で十四年式を抜いた。

素早く銃桿《ボルト》を後退させ、

「行け」

鋭く命じた。

酢は歩き出した。正確には赤ん坊を左手に抱いて、右手にはライターだから、水をかけない。足しか使えないとなると、体形の問題で、前進は大分遅れ気味になる。

二人の後をおかしな奴が追わないようにと真城は水面を叩き眼を凝らしていたが、あれきり水音ひとつ立てないのを、遠去かったかと判断して、遠去かる光点の方へ顔を向けた。

水中から白い顔が出て来た。長い髪を垂らした若い女の顔が。

真城は硬直した。

その顔は、黒い瞳の中に彼を映しながら、彼を見てはいなかった。恐らくは人間には理解し難い思考回路のせいで、虚ろに見えるのだ。

だが、その両眼、鼻、頬、唇、顎——なんと美しい。これが星明りだけが頼りの世界で見る顔か。これこそ、神が鑿《のみ》をふるった芸術ではないか。

反射的に向けた十四年式が、ゆっくりと下がっていった。

欲情は感じなかった。そんな状況という以前に、美しい顔は西欧絵画の天使のごとき清純さを備えていたのである。少年のような憧憬《どうけい》が真城を捉えた。ひょっとしたら、これは幼い日に恋い焦れ、しかし、男の精神《こころ》がついにそれを口にさせなかった、ある娘の顔ではなかったか。

きっと、そうだ。

真城がこう確信したとき、顔がにっと笑った。その一瞬で真城の感傷的浪漫《センチメンタル・ロマン》は粉砕された。

それは悪鬼の笑みであった。

弛緩《しかん》した精神と神経に熱血が通った。

十四年式が三度吠えた。

顔はとうに水中に没していた。小波《さざなみ》さえ置いていかなかった。

代わりに、さっきの鰭状の凸起《とっき》が浮かび上がり、弧を描いて黒い水に消えた。

「なんで砂漠に海があるんだ？　あれで尻尾でもついてたら……」

それはとどめを刺すように跳ね上がった。形は鮫に似ていたが、その端はすだれのように何条にも分かれ、ほんの一瞬だが、三次元世界の法則に則った切れ方をしていないと認めるには十分であった。

「ついてたか、畜生」

生まれてこの方、感じたこともない恐怖が真城を捉えていた。足下を敵がうろつき、しかし、こちらは見ることも出来ないのだ。

「出てこい、卑怯者」

喚いて、一発射った。勿体ないと思ってやめた。

これが彼を指揮官に保つ理由のひとつかも知れなかった。

反応はない。狙いも定めぬイカれ射ちだし、十四年式の八ミリ弾など、水中を五〇センチも直進すればいい方だ。

背後で水が跳ねた。

「うお!?」

身をねじった頭上を影が越え、左肩に鋼がさし込み引き抜かれた。

真城の身体が本領を発揮したのはその激痛の瞬間だった。槍状の武器の穂を素手で掴むや、それは古流合気の技と化したのである。自らの武器から伝わる武道の動きに、敵は槍を放すや、一〇メートルも彼方の水面へ叩きつけられていた!

「普通なら、あれで身動きひとつ出来なくなる。だが、こいつは――」

真城は肩で息をひとつした。何と彼は笑っていた。大砲と機関銃とライフルと――近代兵器の征する戦場で、人間《ひと》ひとりが血を吐く思いで身につけた武術の真髄を炸裂させたことが、嬉しくてたまらないのだった。

「次は外さなかった。だが、武器はおれの手にある。――少々手強いぜ」

たぎる闘志の中で、流血を真城は意識した。押さえても止まらない。肩の肉が半分削ぎ落とされてしまったのだ。

十四年式は、反撃のときに捨ててしまったから、武器は敵の遺した槍一本である。約二メートルの半分は金属製の穂先と思しいそれに、真城は驚きを隠せなかった。

ほとんど重さが感じられないのだ。二〇〇匁《もんめ》（約七五〇グラム）もあるまい。穂の占める量からして、真城の、いや、現代科学の常識からしてもあり得る品ではなかった。

「ま、女の持つ品だからな」

と思っても、女の意味が違う。これはあの女の世界では必殺の武器に違いなかった。

「今度来たら、これで串刺しにしてやる。替えがあるなら持って来い」

真城はなお闘志満々であった。ようやく自分にふさわしい土俵で戦えるという認識が、恐怖も痛みも忘却させていた。

ライターの炎はもう見えなかった。

星明りが黒い水の広がりの前方に、またも魚鰭を示した。

「来たか——ん？」

もうひとつ左から右へ。左から右へ——これも別の鰭だ。いや、眼を凝らせば、その彼方にも、さらに遠くに、おびただしい数の影が旋回しつつ近づいてくるではないか。

「血の臭いか」

これでは勝ち目はない。

鮫は一キロ先からでも血臭を嗅ぎつけるという。

満天の星空の下で、死は黒い水に姿を変えて真城を包みこもうとしていた。

だが、彼はこうつぶやいて奇妙な槍を握りしめた。

「水の中で何匹斃《たお》せる？」

戦いはこれから始まるのだ。

最前列の鰭の輪が、ぐいと縮まった。

そのとき――

3

右斜め前方から細い光のすじが水面に達した。何も聞こえない。だが、真城の耳には重く錆びた履帯が地面を押しつぶしながら前進する音が鳴り響いた。

タイガーが戻って来たのだ！

水面が波立った。水の中のものが動揺しているのだ。

「ここだ！」

真城は右手を上げてふった。槍の重さは感じなかった。光は移動せず、素直に彼を照らし出した。

「ここだ！」

その視界を水中から躍り出たものが覆った。

左手で顔面をカバーしながら槍を突き出したのは条件反射の技であった。

異様に軟らかいものの内部《なか》に入っていく手応え、瞬時に貫通したとわかった。そいつは痙攣しながら真城にのしかかり、片手で槍を掴み、片手を肩にかけた。凄まじい痛み――まるで猛獣の爪が食いこんだようだ。

肺に残った酸素を失うまいと、真城は絶叫をこらえた。

急に爪が抜けた。痙攣も熄んだ。真城はそいつを突き放した。

まぶしい。光はまだ彼を見捨てていなかった。

銃声は意外と近くで聞こえた。タイガーは接近しているのだ！

水柱がのびてくる。鰭に当たるや、水中のものは大きく身をのけぞらせた。それでも真城に見えるのは、人間を崩したような顔の輪郭と、鱗と海草を衣裳にした上半身と腕だけであった。

光の中を水柱が近づいて来た。車載機銃だった。

水柱の描線を見極め、真城は後退した。

新たな影が水を突き破り、水柱はそいつの胸と胴から血柱を噴き上げた。

波が狂いはじめた。水中のものの狂乱の証《あかし》だった。

機銃掃射の音が真城の耳朶《じだ》を射つ。水柱は確実に彼に迫るものを掃射していった。

「車長」

エンジン音に混って、バロウの声がした。

真城にもはっきりと闇より濃く滲むヤク・タイガーの巨体が確認できた。

「こっちへ」

バロウらしい影が砲塔の横で手をふっている。

真城は水を押しのけてそちらへ向かった。ひどく重いが気にならなかった。

「ご無事で？」

伸ばして来たバロウの手を掴んで鉄の感触を靴底に感じたとき、安堵が真城を包んだ。

「酢と赤ん坊はどうした？」

「大丈夫です。戻って拾いました」

「おまえら、何処に？」

「それは酢にも言われましたが、我々は一歩も外へ出てはおりません」

「嘘をつけ」

「いや、本当です。車長と酢が落ちたということも知りませんでした。てっきり乗車されているとばかり思っておりました。ハッチが開けられたのも、その後で閉まったのも知りません」

「なら、どうして止めた？」

「そのまま進むつもりが、急に停車したのです。そして、パーゲティがハッチを叩いているのに気がつき、戻る途中で酢と赤ん坊を回収しました」

「停まった原因は？」

「不明です」

真城の脳裡に、二つの名前が浮かんだ。

ひとつは、バロウたちを連れ去り、もうひとつは連れ戻した。

何にせよ、助かったわけだ。

「戦車のエンジンは水浸しでも平気なのか？」

「不思議ですが、動きます。ですが――」

「どうした？」

「水位が上昇中です。このままだと沈んでしまいます」

「浮くのは無理か」

「それは何とも」

我ながらアホな内容をと思いつつ、真城は砂漠を見た。

水は車体ぎりぎりまで達していた。

ごお、と世界が不満を洩らした。二人はよろめいた。凄まじい風だ。

光が天と地をつないだ。雷鳴は遠くで聞こえた。もう星は見えなかった。何もかも悪い方へ変わりつつあった。

「これは収まるのを待つしかねえな。内部《なか》へ入れ」

潜り込んで来た真城へ、パーゲティが、

「同じ身の上ですね」

と苦笑を浮かべた。治療はバロウが担当した。

「凄い切り方だ。すっぱりやられてますね。ヘンリー・パスみたいだ」

「誰だ、それは？」

「うちの近所にあった肉屋の親父です。まだ営業してるそうですから六〇年以上になります。それと同じ切り口ですよ」

「おれは海に化けた砂漠で肉屋の親父と対決したわけか、アホ臭え」

「その槍——何です？」

「それで裂かれたんだ」

「ひどく軽いですね。こんな光り方する金属は初めて見ました。柄は——骨ですかね？　水中だと却って扱いづらいと思います。どうやって使うんだろう」

「とにかく戦利品だ。おまえ持って帰れ」

「ありがとうございます」

真城は隅にいる酢の方へ身を乗り出して、おくるみの中を覗いた。

どうしても好きになれない顔が見返して来た。

「おかしいな。前ほど気分が悪くならねえ。これもあの女がいなくなったからか？　それとも、こっちが慣れて来たのか？」

「赤ん坊って、多分、無垢あるね」

と酢が黒い頬っぺたを指でつつきながら言った。穏やかな声である。

「この子――こんな顔と姿だけど、人間の血が混じってる。どれくらいの割合かわからないけど、無邪気なところがあるあるね。あなたでもそれがわかるのよ」

「――何でもいいさ。化物だろうが人間だろうが、契約は守る」

真城はおくるみを戻した。バロウが言った。

「しかし――その美しい化物って、何者なんですかね？　やっぱり、ラヴクラフトの本にある――」

そのとき、酢が何か言った。

全員がそっちを向いた。

「――何だって？」

真城の問いに、酢は右の手の平を見せた。

赤い落書きとしか思えない形が幾つか並んでいた。

「血文字か？　どうした？」

「副長が、何者かと訊いてすぐ、私の手の平に爪をたてたね。ああ、痛た」

酢以外の全員が、その手の平を凝視していた。

彼らに共通する感情は、驚きであった。

狂人が書いたとしか見えぬ絵とも字ともつかぬ形の意味が、彼らにはわかったのだ。

「ひどら？」

真城の言葉にバロウが同意した。

「そうです。ＨＹＤＯＲＡ」

パーゲティとガルテンスもうなずいた。

「あれか、ラヴクラフトの本に出てくる海底の王ダゴンとやらの女房か。あんなに別嬪《べっぴん》とは思わなかったぜ。待てよ、鰭は山ほどあった。あんないい女をごっそり――果報者め」

露骨に羨望の口調となった真城を、バロウは苦々しい眼で見て、

「思い出して下さい。ヒドラもダゴンも、その部下の〈深き者ども〉も、みなクトゥルーの眷属ですぞ」

操縦席にいたガルテンスが、

「ヨグ＝ソトースの敵」

とつぶやいた。ごついゲルマンのこめかみに汗の粒が浮いている。

真城が何かに気づいたように、

「おい、ガルテンス、外の様子を見て来い」

と命じた。

いかにもゴソゴソといった感じで、巨漢の操縦士がキューポラのハッチを開けた途端に、凄まじい量の水が流れこんで来た。

大あわてでハッチを閉め直し、ガルテンスは金髪を貼りつけた土左衛門みたいな顔で、車内を見廻した。

「キューポラの縁まで来てます。もうじき沈没です」

全員が、ハッチを開いた瞬間に、風の轟きと雷鳴を聞いている。

だが、狂乱は生じなかった。車内には一切浸水がないのだ。それどころかゆれもしない。

「ガルテンス――前進しろ」

「……」

「何だその面は？　ナチ公がビクつくな。おまえら世界一のアーリア人種のそのまたトップなんだろうが。水なんか漏れてやしねえんだ。息も苦

しくない。前進しろ前進」

「了解」

エンジンが唸った。

快調だ。排気も異常がない。確かに進んでいる。水の中を⁉

「おい、バロウ」

「はい」

「いきなり潜水艦か？」

冷静なる副長は口をつぐんだ。

「恐らくもう沈んでる。なのに浸水ひとつねえ。どうなってるんだ？」

「守られてるあるね」

酢がぽつりと言った。

「ヨグさんが守ってくれてるある。私たちの手に負えない事態には、手を貸してくれるある」

「ふむ。しかし——このままじゃ埒《らち》があかねえぞ。一生水中にいるわけにもいくめえ。ま、メッサーやリーに追っかけられるよりは、のんびり出来るがな」

ははは、と笑って、みなをげんなりさせた。その途端、天地が逆転した。

凄まじい錐《きり》もみ状態に、棚の工具や武器が外れて飛び廻る。真城も傷の上にスパナの一撃を受けて悲鳴をこらえた。

「何だ、メエルシュトレエムか⁉」

バロウの声に、パーゲティが返した。

「いや、これは砲撃です」

「砲撃ぃ？　戦艦でも出て来たのか？　ガルテンス、何か見えるか？」

ようやく安定した車内で、操縦士は親の仇みた

いな顔つきでスコープを覗いていたが、

「海の上に出てます。しかし、波しか見えません」

「えーい、そんなオモチャの箱を頼りにするのが間違いだ。どけ！」

ガルテンスの背中を蹴とばして、真城はキューポラを昇った。

「少し我慢しろ！」

ハッチを開けると同時に、黒い水が顔にとびかかり、ぼやつく視界の奥で稲妻が白い線を引いた。

「大荒れだ。しかし——船なんか」

細めた眼の向うで、赤い光が点滅した。

炎がとんで来る。三個まとめて、炎の尾を引いている。

「ロケット弾か!?　近いぞ。みな、何かに掴まれ！」

下へ叫んでハッチを閉めようとした途端、左右と後方に水柱が上がった。一〇メートルと離れていない。

「うわ」

途方もない力が三方から七〇トンの鉄塊を翻弄すべく襲いかかって来た。ハッチを閉めた後だから良かったものの、隙間が少しでもあれば、車内は洪水の悲劇を免れなかっただろう。

だが、二、三度天地が逆さまになったきりで翻弄は終わった。三方からの力が、タイミングよく拮抗《きっこう》してしまったのだ。

「狙いは正確だ。次は危ねえぞ。酢とパーゲティは何かに掴まれ。赤ん坊には絶対傷をつけるな。ガルテンス、ジグザグに走らせろ。バロウ——一二八ミリ用意」

「了解」

バロウは敏捷《びんしょう》に動いた。まず、後部の砲弾ラックから一二八ミリ砲弾の弾頭を抱えて装填し、次に火薬筒を詰める。砲弾を分離してあるのは、ひとりで持つには重すぎるからだ。本来ならガルテンスか真城が手伝うが、片方は操縦、片方は負傷の身であった。

この間に真城はまたキューポラに駆け上がって眼を凝らした。

今度は見えた。

「待てよ、船じゃねえぞ、島だ。でかい」

黒々と広がる影は、真城の視界の両隅からはみ出ているのだった。

第七章　二隻の函船

1

だが、彼はすぐ、いまの指摘を訂正しなければならなかった。

島が動いているではないか。心臓が派手なドラムを叩きはじめた。

この島は——船だ!!

「まさか——こんな船が。さっきのは、もっと近くに……」

赤光がきらめいた。

さっきの——と思った。

だが、先ほどの火花とは逆方向へとんで行くではないか。巨大な船へ。

その一角に小さな火花が生じた。小指の先ほどもない。しかし、それは命中の証《あかし》なのだ。先刻の攻撃距離、爆発の規模、衝撃波——あらゆる要素を忖度《そんたく》し、真城は驚愕のひとことに集約した。

「なんて、でかいんだ……」

そして、ロケットを放つ攻撃者は、巨船の方を優先順位の高い敵と見做《みな》しているらしい。真城への攻撃を中断したのがその証拠だ。

荒れ狂う風、黒く果てしない水の広がり、そして、人智では想像も出来ず、また造り得ない巨大船——ここは、真城が属していた世界ではなかった。

――どうなってるんだ？

呆然と見つめる顔を稲妻が白く光らせた。

敵は真城と巨船の間に位置し、攻撃を続行中だ。

「見えるか、ナチ公!?」

下へ向けると、すぐ、

「何とか――しかし、あの島は――」

「島じゃねえ。船だ。敵はその前にいる。見えるな？」

「――何とか」

「続けざまに射て。一二八ミリならでかい穴を開けられる。絶対外すな、いいな？」

「了解」

ガルテンスの返事には、一抹《いちまつ》の不安が揺曳《ようえい》していた。不思議と車体はゆれていない。それでいて、波をかぶりもしないのだ。

キューポラぎりぎりで浮いている――水中に鎮座しているのだ。

「照準よし」

ガルテンスの声が上がった。

「射《て》――」

一二八ミリ――当時《いま》は存在せず、二年後に世界最強の名乗りを上げる戦車砲は、暗黒の空と海とに軌跡を描いた。

有効射程三〇〇〇メートル。あらゆる敵戦車を壊滅し得る砲弾は、波を騒がす幽鬼のごとき敵船の船腹に吸いこまれた。

「初弾命中――次弾同じく」

嵐の中に真城の、硝煙たちこめる車内にガルテンスの声が鳴り渡った。

敵船に二か所炎が広がり――ふっと消えた。

「効果無し。応射が来るぞ。ガルテンス――右三時！」

そして、すぐ、

「来ないな」

バロウとパーゲティが日本人車長の能力に対する疑惑の霧に煙った眼を見交わした。

何処か遠い――ある種の人間たちのみが知っている場所で、重い物体が動きつつあった。その頭上遥か――海上と呼ばれる場所では瞼《まぶた》と呼ばれる品であった。その下に自分の属さぬ世界の色彩《いろ》も動きも認識できる眼が存在すること、それ自体がいわゆる生物の埒外《らちがい》にある何か――〈神〉と呼ばれる資格なのであった。

それには脳も備わっていた。本来、異次元の思考を能《よ》くするそれは、いま、眠りのさなかにありながら認識し得た、時空を超越する情報を元に、その思考をこの世界に迎合《げいごう》させつつあった。

すでにある微細な一地点で、それは力のごくごく一部をふるっていた。そして、いま、もう少し――。

前方の光景に変化が生じたのを真城は確認した。

暗黒に塗り込められた視界の底から、地獄の馬どもがたてる轟きのような歪音《わいおん》が噴き上がり、闇とともに押し寄せてくる。

「大波だ！　何かに掴まれ！」

車内へとび下りるやハッチを閉めた。

――今度は違う。タイガーもおれたちもバラバラにされてしまう。そんな思いが強い。

「車長――どうしたあるか？」

酢の問いにも答えず、真城はいま頭上へのしかかってくる水の巨峰の大きさとどよめきに、耳目を集中させていた。


太陽に異変が生じた。

三百万度超の水素が身を焼く表面の一点が、巨大なフレアとなって屹立《きつりつ》したのである。何者かにあおられたかのように、それは通常の規模とエネルギー量を遥かに凌駕《りょうが》する炎の柱と化して、一万キロの高みに上昇した。

驚くべきは、そこにＣＭＥ《コロナ質量放出》や太陽嵐につきものの磁力や放射能、プラズマの類がゼロだったことである。単なる熱。真に純粋なるものが、宇宙の歴史の中でいま誕生した。

そして、さらに驚嘆《きょうたん》せよ。その全エネルギーを直径一兆分の一ミリメートルのナノ・ビームに集束させて送り出したのである。一億五千万キロ彼方に浮かぶ小さな星の、北アフリカと呼ばれる大地――水と風と闇が渦巻き狂乱し奔騰するそのささやかな一点に。

短い悲鳴を放ってガルテンスがのけぞった。手は両眼を覆っている。

「どうした、ガルテンス⁉」

バロウが肩を押さえた。その手をガルテンスが片手で叩いた。

「白い光が――大丈夫。少し網膜にパンチを食らっただけだ。すぐ治る」

真城がスコープに眼を当てた。

一瞬、世界に沈黙を強いてから、

「水がねえ。もと通りの砂漠だ」

と言ってのけた。


サハラを含む世界は平穏な物理法則に従い、まばゆい星々のかがやきで、いま戦車を下りた人々を包んだ。

「——何があったんだ？」

左肩と胸を包帯に任せたパーゲティの芯を欠いた声が、一同の胸中を代弁した。

「水と風と船さ。いいや、海だ」

ガルテンスがもうひとつの海——星の海をふり仰いだ。

「あの海と船は何だったんですか、車長？」

ガルテンスは、自分を除くただひとりの目撃者に訊いた。

「おれにわかると思うか？」

「いえ。失礼しました」

ガルテンスは敬礼した。それは次の声の主に向けるべきであったかも知れない。

「函船《はこぶね》ある」

酢であった。

「なにィ？」

真城が歯を剥いた。

「私の意見でないね——この子ある」

おくるみを突き出した。

「貴様、赤ん坊に責任を——」

前へ出かかるガルテンスの眼の前に、酢の手の平がスクリーンのように広がった。

〈神〉の言葉を伝える血文字は星の光の下で黒くかがやいた。

　字ともいえない絵でもない形がひとつ――それだけで兵士たちは全てを理解したのだった。

「遥かなる古代――聖書に云う〈創世記〉よりさらに古《いにしえ》の時代、人類はＤＮＡを自在に造り変える技術を我がものとした。何者の助けによるのかはわからない。それを呪ったものの正体だけはわかっている。

　クトゥルー――太平洋の一地点に眠る巨大なる奥津城《おくつき》〈ルルイエ〉に封じ込められた邪なる〈神〉よ。それはこの星の海を狂わせ、大地を水をもって埋めた。人類は一掃を計られたのである。

　破滅の少し前、ある人物の脳裡に水に浮く船の考えを生じさせたのは、生命の創成と変成とを人類に伝えた存在であったろうか。

　その人物は数名の家族と語らい、力を合わせて巨大なる函船を建造し、その内部にあらゆる生命をひとつがいずつ収納した。

　水が大地と人類を呑みこんだ後、〈函船〉は四十日を荒れ狂う海上で送り、やがて新たな大地に到着を叶えた。人類の恩人ともいうべきこの人物の名を取って、我々はこれを〈ノアの函船〉と呼ぶ。

　だが、ノアが選んだ生き物とは別の、陽に対する陰ともいうべき生物たち――魔性を乗せた第二の〈函船〉も同時に建造されていたのである。誰の意志により誰の手によって造られたものか、妖物たちを満載した〈函船〉の規模は、全長五〇〇キロ、全幅三〇〇キロ、高さ十五キロに及んだ。

大いなるクトゥルーは、何故かこの第二の〈函船〉に乗った生物たちを亡きものにしようと企んだ。その結果、黒い水の底から現われたのは第三の〈函船〉——殺戮のための船であった。それは狂乱する天地の下で船を追い、海の藻屑と化せしめんとしたそのとき、大いなるクトゥルーの関心は、〈函船〉からさらに卑少な、鉄の塊りに移った。その乗員たちは時空を超えて〈ノアの大洪水〉のただ中に放置され、しかし、間一髪、〈大いなるクトゥルー〉とは異なる何者かの手で救出されたのであった。

人々はその名を知っていた。

「ヨグ=ソトース——感謝するぜ」

真城の言葉は、それこそ真情であった。

「〈ノアの函船〉とはね」

ガルテンスは何度も首をふった。血文字の内容を否定しているのではない。それを否定しようとする自分への反応であった。

「だが、あんなばかでかいものが、一体何処へ？」

アメリカ東岸の一都市——旧い切妻型屋根の建物の列が、なおも幽影のように通りの左右を飾る街の一室で、彼は読み終えた原稿の束を机上に置いた。面長の顔に浮かんでいるのは、大いなる満足とわずかなとまどいであった。——また、深夜になった。私の原稿はどうしてこんな時刻にばかり書き上がるのだろう。「未知なるカダスを求めて」「クトゥルーの呼び声」「ダンウィッチの怪」みなそうだ。次に書き上げる「インスマウスの影」

も同じ轍《てつ》を踏みそうで怖い。

彼は古い――フェデラル・ヒルの骨董屋で買って来たばかりの肘かけ椅子の背に思いきり体重を移し、原稿の内容を頭の中で再生した。最後まで完璧に憶《おも》い出すことが出来た。これこそ彼の最大の長所だった。一度書き、或いは読みさえすれば細部まで記憶し――というより脳髄に灼きつけ、正確無比に再生出来るのだ。

だが、これが両刃《もろは》の剣だということもわかっていた。いついかなる時でも憶い出せるため、本文への推敲《すいこう》や加筆が少しも苦にならない。ましてや、彼にとって「小説」はあくまでも〝高尚な趣味〟である。たっぷりと時間をかけて好きなだけ手を入れることを拒む理由はなかった。ただし代償は高価であった。作品数の絶対的不足――しかも、彼のホーム・グラウンドたる怪奇小説専門のパルプ雑誌には高踏的すぎて、評価は高いが表紙画《カバー》に登場したことは一度もない。

手元のコーヒーをひと口飲んで、意外に昂《たかぶ》った精神を抑え込もうと努めた。少し冷めてはいるが、いい味と香りが、彼を幸せにした。

口の中に残った砂糖の感触を、ジャリジャリと噛み砕きながら、最終的に憂さを晴らしてくれない問題点の解決に取りかかる。

書き上げた作品は、約五万八〇〇〇語。最長《ロンゲスト》記録《レコード》だ。

長すぎる、と彼は感じていた。どの部分のせいかも明らかだ。

南極探検に来たミスカトニック大のメンバーが、未知の山脈とその彼方にそびえる〈旧支配者〉

の生命なき大《だい》伽藍《がらん》を発見する。その壁には、地球の黎明《れいめい》期に虚空より飛来し、この伽藍を築いた〝古《いにしえ》のもの〟たちの歴史が浅浮彫で刻まれていた。やがて、隊長たちに迫る怪生物〈ショゴス〉の恐怖。

かろうじて脱出した彼らの見たものは、〈狂気の山脈〉のさらに彼方にそびえる反地球的規模の大山脈だった。

高度一万五〇〇〇メートルにも達する山頂に動く影を認め、隊員たちは無謀にも着陸する。そして、その山脈が実は、何億年もの間に土砂と氷とに覆われた——

2

——わたしとダンフォースは再度の脱出を図り、わたしたちの神による力添えでそれは成功した。いま、真の〈狂気山脈〉は眼下に遠ざかりつつある。

だが、わたしは忘れない。数メートルの氷で覆われた山脈の正体は、生涯、わたしとダンフォースの脳から離れず、安らかな眠りを拒否し続けるであろう。せめて、酸素マスクを付けてさえいなかったら、何もかも悪夢で済ませられたものを。

誤って落ちたクレバスから山脈の内部へと入りこんだとき、わたしの眼の前に広がっていたあの光景——この宇宙を創造したのは神ならぬ悪魔だとわたしに確信させた巨大なる空洞と、氷の壁の中に封じられていた生物たち。ああ、その具体的な姿を書き記すには発狂する勇気が必要だ。無論、わたしには生来欠けている資質だ。ダンフォースよ、わたしは一生かけておまえを呪うだろう。おまえが発狂さえしなければ、生涯をかけて追い廻し、世界から白眼視されるように仕向けて、最後にはわたしの手でばらばらに刻んでやったものを。

わたしたちは何もかも忘れることにした。ああ、いまも奇怪で甘美な呪文が甦る。イア、イア、シュブ＝ニグラス。わたしたちはすべてを忘れる。頼りない人間の意志の力で、目撃したものもしたことも潜在意識の果てしない狂気の底へ追いやり、二度と思い出すまいと誓う。

あのときダンフォースは見つけてしまったのだ。床の上に倒れた人間のミイラを。その手に持った石の輪を。よせというわたしを無視して、ダンフォースはミイラを観察し、それから石の輪を手に取った。

次の瞬間、ダンフォースは電撃を受けたかのように硬直し、硬直したまま痙攣を始めた。わたしは成す術もないまま、彼の無残な姿を認めた。助けなければならない――こう思っても身体は動かなかった。何から何まで恐怖で未知だったからだ。

ようやく決意が恐怖の枷を外して、一歩前進したとき、彼は突如平静に戻って、氷の上に座りこんだ。

「まさか――この山脈が――まさか」

つぶやきとは言えない声で言い放つと、ダンフォースはわたしを見て、疲れ果てた顔を笑いで歪めた。

彼が放ってよこした石の輪を、わたしは受け取った。

その瞬間、すべてが理解できた。世界の真実を知るのに、万巻の書を読破する必要はなかった。未知のジャングルや大砂漠の遺跡に分け入る必要はなかった。この石の輪ひとつで良かったのだ。

ダンフォースよ、なぜわたしにこれを放った。

この山脈の下に、数億年に亘って数百メートルの分厚い氷に囲まれた一隻の木製の船が横たわっているのだ。それは、伝説のノアが建造したもう一隻の〈函船〉であり、本来、大洪水で滅ぶべき邪悪なる存在をも新天地に下ろす使命を負っていたのである。

恐らく、ミイラは〈函船〉の乗員であり、この石の輪は、個人的な〈日記〉であるに違いない。どのようにしてその内部に航海の記録を留め、触れたものにそれを伝えるのかは永久にわかるまい。

あの氷の壁に閉じ込められて死亡した生物たちは、ついに脱出することが出来なかった不運の主だろう。

不幸なことに、わたしとダンフォースは見てしまった。

果てしなくつづく氷の牢獄には、水の中の影よりも何ひとつ存在しない獄の方が遥かに多かったのだ。ノアよ、おまえの願いは叶えられた。世界は永劫に平穏の夢さえ見られまい。

だが、これで終わりではなかった。少なくとも、この船の内部には永久凍土の平和が満ちているとわたしたちは思った。真の恐怖が血管の一本一本に冷血を通わせたのは、石の輪の伝えた真実にその場へ座りこんでから、数分後のことであった。蜿々《えんえん》とつづく氷の壁が、実は魔性たちの牢獄だということは、もはや放逐《ほうちく》しようのない知識だった。唯一の慰めは、これらが遥かなる太古に船を脱出し、そして、人間の世が曲がりなりにも継続を絶やしていない事実だった。

それなのに、私たちは蜿々とつづく氷の通路の彼方から流れてくる音を聞いてしまったのだ。

前の山脈を脱出したときの〈ショゴス〉の声、テケリ・リ　テケリ・リより遥かに小さく、遥かに凶暴で、遥かに不気味な声を。それはひとつではなかったのだ。

まだ残っているのだ。この世に放たれるべき忌わしい存在が、何億年も大氷床の下で長らえ、今なお脱出しようと努力を続けているのだった。

「何匹いるんだ!?」

とわたしは絶叫した。

この船でさえなければ。ああ、この呪われた〈函船〉でさえなければ、私の魂も死して後、恐怖に苛まれることはなかったであろう。

いま、わたしとダンフォースはセスナ機から眼下の大山脈を俯瞰中である。わたしたちが基地へ、基地から文明国へと近づくにつれて、山脈は南極の雪と氷の中に遠去かっていく。

だが、精神は物理法則と無縁のものだ。それはたやすく記憶を復活させ、その構成要素のひとつひとつまで鮮明に脳内に閃《ひら》めかせる。

今も生きる妖物は、何体だ？　それらはいつか、氷の壁を破ってこの世界の陽光の下に姿を現わすのだろうか。

世界よ、世界よ、わたしはおまえを憎んでもいないし好いてもいない。だが、あいつらがいつか氷の牢獄を破って、おまえの日常へ進攻してくる光景だけは、見たくもないし、考えたくもない。

幸い、わたしの死までそれを眼にする悲劇は避けられるであろう。その先は——わからない。〈古のもの〉も〈旧支配者〉どもも、いつか天地の混沌の奥津城から出現するかも知れないが、〈函船〉の内部のものたちは、ずっと早く、人類が死滅する以前に陽光と月光の下に仁王立ちになるに違いない。


そして、その数は——ああ。

石の輪は伝えた。

高さ一五〇キロ、全長三〇〇〇キロにも及ぶ眼下の大山脈こそ、氷に固められた一艘の〈函船〉そのものなのだ、と。


最後の一章の記憶を辿って、彼はまた砂糖漬けのコーヒーを飲み干し、窓のところまで歩いた。この狭い借家の唯一の美点は、足音が美しく響くことだった。腐るほどある欠点の最高位は、バーンズ街一〇番地の味も素っ気もない地形のせいで、心底愛するプロヴィデンスの古式床しい街並みの良さを少しも窺うことができない点だった。

どいつもこいつも早寝早起きを奨励しやがっ

て。深夜の散策の愉しみは、窓辺から洩れる灯の余韻で人々の営みを肌身に感じることなのに。ろくに眺めもせずに、彼は机の前に戻った。

決意は固まっていた。

〈函船〉の件《くだり》は残そう。それまでの流れから牽強《けんきょう》付会《ふかい》のそしりは免れないだろうが、ノアに第二の〈函船〉の建造を命じたのが〈旧支配者〉だとすれば、少しは脈絡もつながる。

問題は何処へ売り込むかだが、あのしみったれ爺い《ヒューゴー》の〈アメイジング〉は真っ平だ。いっそも少し書き足して、〈アスタウンディング〉にでも送ってみようか。それとも、いったん突っ返して来たライトの、二度目の採用癖に今回も望みを賭けて、〈ウィアード・テールズ〉にするか。いや、自分を泥にまみれさせるくらいなら、書き上げたことに満足して、机中に潜ませておくのもいいかも知れない。

ノックの音が、彼の空想を粉砕した。

「どうしました、叔母さん？」

大声で訊いた。

彼はバーンズ街のこの借家に、叔母のアニー・P・ガムウェルと住んでいるのだった。

「書き終わったか？」

きん、と部屋が身を縮めた。男である。だが、それは――生きている者の声ではなかった。

「……」

「まだなら、削除しろ。何処をどうすればいいのかは、おまえが知っている」

「……」

「いいな？」

ドアの向こうの声は念を押した。

「どうして……だ？」

と彼は訊いた。声が粘っている。口の中に液体生物でもいるみたいだ。

「……〈我々〉の物語に夾雑物《きょうざつぶつ》は要らない」

答は陰々と続けた。

「おまえの才能はとても大きい。我々はそれを買った。だが、大きすぎて、ペンが走りすぎてしまう。抑えろ。そして〈我々〉のことだけを文字にしろ」

「そんなことを……そんなことをして……何になる？」

「それはおまえの知る必要のないことだ。その代償に、おまえには現在のおまえからは想像もつかぬ栄光が与えられる。この世界が滅びるまで、それはかがやきを放ち続けるだろう」

「……誰だ？　おまえたちは……　何者だ？」

彼は急速に力が失われるのを感じながら言い放った。

「縞のコートにネクタイをつけた男が私とソーニャの結婚生活を終わらせた。私は小説をやめ、NYで古書店を開くつもりだったのに。あれはおまえか？　おまえの仲間か？　私はあの〈函船〉の中に、おまえたちのひとりを乗せた。そいつは氷の檻から脱出し、地上へ出た。それが気に入らなかったのか？」

そう書いた。

「それは答えても無駄だ。おまえたちがたかだか数億年の星の歴史を理解できぬがごとくな。削除しろ。そして書き続けるのだ。ハワード・フィリップス・ラヴクラフト。おまえはこの街で生まれ、ここで死ぬ。それはとても良い人生とやらかも知れんぞ」

「……」

「では、去ろう。おまえが終焉《しゅうえん》の時を迎えたときに、また会おう」

声が終わると同時に、再びドアがノックされた。

「ハワード、どうしたの？　さっきから何をしゃべっているの？　誰もいませんよ」

ドアの向こうが叔母の部屋だったことを彼は思い出した。

登場人物の台詞に熱が入ってと叔母を黙らせ、彼は椅子の背にもたれた。気にならなかったスプリングのきしみが毒のように背中一面に広がった。

ふと、彼は机の上がひどくざらついているのに気がついた。

撫でてみた。指の先に付着したのは、細かい砂粒であった。

「雪片《せっぺん》ならともかく」

と彼はつぶやいた。

だが、いずれ砂漠の物語も書くつもりでいる。〈狂気の山々にて〉と同じく、ある物語群を貫く巨大なるテーマの総決算として。

タイトルは？　そうだな、「超時間の影」がいいだろう。

だが、その前にしなくてはならないことがある。彼は何とか理解していた。しかし、何かが決定的その外側にあり、そのせいですべてが危険なバランスの上に成立していることもわかっていた。

彼は大きく息を吐いて座り直し、原稿の削除に取りかかった。

3

「タイガーは着々と目的地に近づいているようだ。何故止められんのだ？　我々にはスピットもハリケーンもあるのだぞ。なぜ、進行を阻止できん？」

将軍の胸章を閃めかせるアレキサンダー大将の前で、将官たちは眼を伏せた。

ひとりが、

「マルサ・マトルーのドイツ軍の先鋒はエル・アラメイン付近に展開中の我が前線へ今も攻撃を続行中です。マルタ島の空軍基地も連日、爆弾を受けています。戦車一台に兵と武器とを割く余裕は――」

「たかが一台のタイガーだぞ。もっとも、今のところ誰も見た者がいないタイプだそうだが、ドイツ戦車ならタイガーに間違いあるまい。新型か新兵器か、どちらにしても飛行機なら一発だろう。飛行機で脅して、戦車と歩兵で取り囲み、それから投降させろ」

「了解しました。スピットとハリケーン、合わせて十機を向かわせます。戦車とトラックも駆り出すことになりますが」

「構わん。戦力はこちらが優勢なのだ。その証拠にナチどもは、ベンガジでもトブルクでも、我が軍の遺棄した武器や車輌に自軍のマークをつけて使用中だ。こすっからい奴らめ」

「それだけ補給線《ライン》がのび切っておるのです。本来ならマルサ・マトルーの港も渡したくはありませんでした。物資は山のように残っておりましたから、奴らはひと息もふた息もついたに違いありません」

「港を使用不能にするくらい訳はない」

もうひとりの、異様に眼つきの鋭い将官が、みながはっとしたくらい静かな口調で言った。モントゴメリー中将であった。

「マルタ島の空軍は、ドイツの猛爆を受けてもなお健在である。八月には待ちわびていた補給物資も、空母『イーグル』他多大の損害を出しながらも輸送に成功した。現在、マルタのスピット・ファイアは百機を超す。パイロットには〝マルタ島のエース〟――ジョージ・バーリングもいる。彼らの援護を受ければ、マルサ・マトルーをつぶすくらい、現在《いま》の航空部隊には造作もないことだ。敵の目的はアレクサンドリアとスエズ以外にない。それにはまだ時間がかかるだろう。たとえロンメル――〈砂漠の狐〉といえども、な」

この一瞬、居並ぶイギリス軍の将官たちは、頼むぞと胸中で願った。

ヨーロッパと北アフリカとの中間地点――地中海に浮かぶマルタ島の領有権はイギリスが握っていた。

北北西にはシシリー島が位置し、ここからイタリア軍はトリポリへと兵站線《へいたん》を築いていた――となれば、両軍にとって小さな島がどれほど大きな意味を持っているか、理解するのはたやすい。

マルタからスピット・ファイアに護衛された爆撃機がとび立てば、イタリア軍の輸送船は海底の藻屑と消えてしまうのだ。

当然、イタリアも——すぐ後にはドイツも、連日のごとくマルタ島のイギリス軍基地へ爆撃を開始した。このとき、メッサーシュミットやフォッケウルフ等のドイツ軍戦闘機を迎え撃ったイギリス軍パイロットのひとりが、ジョージ・バーリングであった。

このカナダ生まれの名パイロットは、ヒトラーのポーランド侵攻が開始されると同時に十八歳でイギリスへ渡って空軍に入隊。生まれついての戦闘機乗りと評されながら、その狷介孤高《けんかいここう》の性格ゆえに、一九四二年、世界最高の激戦地と言われたマルタ島へ転属を命じられた。

二ヶ月の間に、ロンドンへ投下された以上の爆撃を受けたと記録に残るマルタ島は、彼にとってもむしろ理想の職場だったのかも知れない。

標的とこちらの速度と距離、弾丸の発射速度と下降位置を計算した上で照準するバーリング射撃は、常に敵の前方へ集弾させるため、ガンカメラにさえ敵機の姿を捉えられなかったという。

戦闘機用の機関銃の有効射程は約四〇〇メートル。バーリングは八〇〇メートルから撃墜可能であった。だが一方では、十五秒で消費してしまう機銃弾の搭載量を考え、三七〇メートルに調整されていた命中集弾地点を、二三〇メートルに変更し、接近戦闘にも挑んで多大の戦果を上げた。マルタでの撃墜数は二十四機以上と讃えられるが、目下の彼は、そのレコードを更新中の一パイロットなのであった。

「とにかく、早急にこの未知のタイガーを捕獲することだ。でなければ、本国からいつドイツとイタリアへの勝利より、こちらを優先せよと言ってくるかわからんぞ。当然、勝利し得なかった者たちは詰腹《つめばら》を切らされる羽目になる。覚悟しておきたまえ」

むしろ、ゆったりとした口調で苛政《かせい》の指示を伝え、アレキサンダーは散会を宣言した。

総司令官室へ戻ると、すぐにモントゴメリーが入って来た。

「ひとつ伺いたいことがあります」

とイギリス第八軍司令官は胸を張った。

「先程伺ったチャーチル首相からの言葉、あれは本当でしょうか？」

「勿論だ。ただ規模《スケール》を少しごまかしたがね」

モントゴメリーは苦笑を浮かべようとしてやめた。この将軍はキレやすい。

「――それは？」

「チャーチルは、対ドイツ軍用の戦力を削ってでも赤ん坊を捕獲しろとは言わなかった。すべてを割いても、だ」

「つまり、勝利よりも、赤ん坊が大事だと？」

「そうだ。あの口ぶりでは、戦争よりも、と言うべきだな。ことによったら、ルーズベルトもスターリンも東条も同じ命令を出しているかも知れん。ヒトラーは言うまでもない。ま、ムッソリーニの田舎者は別だろうが。少くとも、その赤ん坊を手に入れれば、戦争に敗れて蒙《こうむ》る悲劇以上のものが手に入る――いま挙げた連中はみなそう考えているに違いない。ヨグ＝ソトース、クトゥルー、そして——何と言ったか、イア・イア——」

「大将殿」

モントゴメリーの声には恐怖が詰まっていた。アレキサンダーは、はっと両眼を押さえ、短く、しかし鋭く頭をふった。

「失礼。少し疲れているようだ」

「わかります。実は私も少々」

モントゴメリーが、この大将にわずかながらも好感を抱いているとすれば、この前線へ転属を命じられたのが同時だったという点だ。

「とにかく、赤ん坊の捕獲に全力を尽くします。失礼いたしました」

イギリス軍らしく仰々しい敬礼をして、モントゴメリーは部屋を出た。


秘書のエリザベス・マコーレイ少尉が椅子から立ち上がった。ウインクすると、あら、という表情をこしらえた。

自室に戻ると、モントゴメリーは直接、副官のランデル大佐を呼び出し、戦車大隊の状況を細かく聞いて、指示を与えた。一時間ほどで大佐が退出する際、この前の借りだと十ポンド紙幣を胸ポケットに入れた。

大佐は部屋へ戻ってからそれを開き、一緒に入っていたメモを読んでやや眉を寄せたが、ラストの一行、

「大事件だ」

を眼に灼きつけるとすぐ、メモを燃やし、情報部のキーナン曹長を呼び出して、散歩に行こうと本部を出た。二人は本国以来二十五年の付き合

いであった。

晴れ渡った空の下に、リー戦車やグラント戦車が並んでいる。鉄の城の列は壮観であった。

大佐はキーナンに煙草をすすめ、

「モントゴメリー中将からの命令だ。アレキサンダー大将と秘書のマコーレイ少尉の、アフリカ到着後と、到着前一ヶ月の行動を調査しろ。大至急だ」

と告げた。

そして、激しく咳こむキーナンを指さし、腹を抱えて笑った。

霧が出て来た。ベルリンの総統官邸から一台のメルセデスが、西へと向かう街道を走り出した。

ボディもシャシも厚さ一インチの鋼鉄で覆われ、窓には爆撃機採用の防弾ガラス。ノーパンク・タイヤが三日おきに変えられて、走行時には十台以上の護衛車が警備に当たる。

それが今は一台きり、ハンドルひとつ切り損ねただけで横転しかねぬ勢いで霧の道を疾走中である。

その尾灯《テールライト》の小さな滲みを追いながら、

「ついにこの日が来たか」

と同じメルセデスの後部座席で、顔も身体もずっしりといかつい男がつぶやいた。

その左隣りで、

「確かにここ三週間ばかり、総統は我らの存じている総統ではありませんでした」

ぼそぼそと自信なさげに追従したどんぐりみ

たいな顔の男は、手にした丸眼鏡を絹の布で拭いた。

「――いつも何かを思いつめていらっしゃるような。一度、ゲシュタポの本部へ来られたときも、私が出迎えに出る前に、お帰りになられてしまいました。あれはどういうことだったのでしょうか？　副総統？」

「わからん。尋常ならざる行動は耳にも入っているし、この眼でも見た。警備兵によれば、深夜、濡れたような足音が聞こえ、向かってみると寝室前の廊下に水掻きのついた足跡が残っていたとか、不寝番の兵の話では、これも深夜、

『あの手が、窓に』

と叫びながら、とび出て来られたとか。自分と『バルバロッサ作戦』の打ち合わせをしている際にも、いつの間にかお言葉が聞いたこともない別の国の――いや、あれは別の世界の言葉だ。自分には最後まで理解できなかった。一種の呪文に違いない」

「ちなみに？」

丸眼鏡をかけてから訊いた。

副総統――ルドルフ・ヘスは、第三帝国総統の信頼を失墜させるかも知れないそれを、ためらうことなく口の端に昇らせた。

「〝ふんぐるい……むぐるうなふ……るるいえ……くとうるう……ふたぐん〟聞いたことがあるかね、ヒムラー長官？」

「いえ」

ヒムラー――ハインリッヒ・ヒムラー。赤児でさえその名を聞けば泣き熄むといわれる国家秘

密警察・ゲハイメ・シュターツ・ポリツァイ――通称〝ゲシュタポ〟を支配する大物だ。深夜、一台のメルセデスにナチ第三帝国のVIP中のVIPが肩を並べ、下級捜査員のごとくこっそりと、先行車の霧に滲む尾灯《テールライト》を追っていく。その会話から、追跡者の正体は明らかだ。閣僚の誰かひとりでも、これを知らされれば、ドイツはおしまいだとの感慨を禁じ得まい。

霧の夜は彼らを何処へ導こうというのか。

「その呪文の何たるかを副総統はご存知なのでありますか？」

ヒムラーの問いに、これも簡単にヘスはうなずいた。

「訳すとこうなる〝ルルイエの館で大いなるクトゥルーは、夢見ながら待ちいたり〟」

「おお。クトゥルー――またあいつか!?」

ヒムラーは激しい動揺を、片膝を打撃することで抑えた。

「地球がいまだ炎の塊りだった頃、宇宙の果てより飛来し、一大文明を築いた〝古のもの〟――或いは〈旧支配者〉たちの一派。何億年もの間、海底に雌伏《しふく》しつつ、なおも人間世界の破滅と地球の奪還を目指している――莫迦らしい！　副総統、ここだけの話ですが、その話を打ち明けられて以来、自分は総統の正――」

「そこまでだ、長官」

副総統の鷲の視線が、実は小心者のゲシュタポ長官を黙然させた。

総統の蔭に隠れて、生涯、「二番手」「鈍重」と罵られるに違いないこの人物が、実は自分以上に奸智《かんち》に長けた狷介な政治家であることを彼は心得ていた。現に、今夜の追跡劇だとて、十重二十重《とえはたえ》の身辺警護の網のほつれ目から、自分の子飼いを官邸へ派遣し、盗聴器を仕かけ、見張りをたてた彼の尽力の結果ではないか。

「総統がおかしくなったのは、一年前――あの男が訪ねてこられてからだ」

ヘスの眼が凄まじい光を帯びた。過去を糾弾しても始まらない。これはナチの高官全員の人生訓みたいなものである。だが、いまルドルフ・ヘスの眼光は過去ばかりか運命すらも糾弾し、弾劾せんとする異様な力に満ちていた。

「あの男?」

ヒムラーは記憶を確かめようとしたが、うまくいかなかった。

「そうだ、あの日もこのように霧が深かった」

「おお、ベルリンが眼を失った夜――」

「そうだ」

「ああ、ああ、自分はその男の名を忘れてしまいました。教えて下さい、副総統」

「あれは――ナイアルラト――」

悲鳴のような急ブレーキがヘスの言葉を呑みこんだ。運転手の悲鳴は後から聞こえた。

「――何事だ!?」

ヒムラーが怒鳴りつけた。

「前に――人が」

運転手は息も絶え絶えの声で呻いた。

二人は愕然とフロント・ガラスに眼をやった。

五メートルほど前方に確かに人影が滲んでいた。ライトが当たっているのに、影としかわからない。そこだけ光が吸収されているような印象であった。

ゆっくりと影は近づいて来た。いや、もうこちらへ向かっていたのだ。

それは助手席のドアの前に立つと、身を屈めて、後部ドアの窓から、冷汗まみれの二人の高官を覗きこんだ。

見えない唇がこう動くのを、二人は見た。

「ナイアルラトホテップ」

第八章　我、深みを望む

1

　二人プラス運転手が、身動きひとつ出来ぬうちに、影は助手席のドアを開いて——後に運転手は確かにロックしてあったと証言したが——シートにかけると、そっとドアを閉めた。

「行け」

と命じた。

　震え上がった運転手は、二人の方を窺った。

　ヘスがうなずいた。

「行け」

　ベンツは走り出した。

　しばらくの間、誰も口を開かなかった。ヘスもヒムラーも話しかけたくて仕方がないのだが——怖いのだ。どんな返事が返ってくるか。

「じきだ」

と侵入者——ナイアルラトホテップが告げたのは、五分ほどしてからである。

「総統はもう到着しておられる」

　男と思しいのに、妙に高い、しかし、まるで珠を転がすように美しい声の響きであった。これで迫られたら、ベルリン一の美女も難なく術中に陥ってしまうだろう。

「ここは——何処だ？」

　ヒムラーが窓の外と男の後ろ姿へ交互に眼を

やって訊いた。

霧はそのままだが、それを透かして、樹木らしい影が仄《ほの》見える。

「止めろ」

ナイアルラトホテップが命じた。操り人形のように運転手はブレーキを踏んだ。

「ここが目的地かね？」

ヘスが訊いた。

「左様で」

とナイアルラトホテップはうなずいた。黒い背中しか見えない。頭はフードの下だ。

「なぜ、最初からここで待っていなかったのかね？　遅れたわけでもあるまいが」

「劇的効果という奴ですよ、副総統」

ナイアルラトホテップが、続いてヒムラー、ヘスの順で下りた。

霧のさなかだが、周囲がねじくれた樹木の天国なのは一目瞭然であった。だが、どう考えても、ベルリンからたかだか車で一時間足らずの場所に、こんなジャングルが？

不意に霧が流れた。風が吹いたのである。前方に総統のメルセデスが止まっていた。

「見て来い」

ヒムラーが運転手に命じた。彼は小走りに近づき、車内を覗き込んで、

「誰もいません」

と叫んだ。

ヘスが疑惑の相を浮かべて、

「――ひょっとしたら、総統はひとりきりで――」

まさか、と言いたくなるのを、ヒムラーは呑みこんだ。今夜は何もかもおかしい。総統が逆立ちで運転したと言われても、否定する勇気はなかった。

「参りましょう」

相も変わらず後ろ向きのまま、ナイアルラトホテップは左手の森の中へ歩き出した。

「ここで待て」

と運転手に命じて、二人は黒い長衣の後を追いはじめた。

だが、こんな森がベルリン郊外の何処にある？ 眼につく巨木は十人ひと抱えもありそうな幹を霧の天へと屹立させ、差し交わす大枝の下はまるで隧道《トンネル》だ。

足下の土の異様な軟らかさが、二人を不安にさせた。

この先は——沼か？

二分と進まぬうちに、かすかなドラム——どこぞの原住民が愛用する木太鼓を打つような音が流れて来た。ひとつやふたつではない。加えて、明らかに多人数による歌声と地を踏む音が、霧の奥へと彼らを誘いはじめたのだ。

「何をしている？」

ヒムラーが上衣の内側から、モーゼルM１９３４を抜いた。護身用ならワルサーＰＰ、ＰＰＫという傑作があるが、年配の軍人には武骨で信頼性も高いＭ１９３４を使用する者が多かった。

「全ユダヤ人が恐れおののくゲシュタポの長官が、意外と臆病——いや、用心深いですな」

ナイアルラトホテップの口元で霧が乱れた。

笑っているようだ。

「先に進んだ御方は、それほど緊張してはおられませんでしたぞ」

黒いケープの袖口からのびた手が、二人の前方の地面を指さした。一点の光もない霧の中なのに、その手が油脂でも塗った黒人のように黒光りしているのを、高官たちは見た。そのせいで、足下を前方へ、点々とつづく足跡へ眼を移すのが少し遅れた。

「総統のものか？」

ヘスが訊いた。

「総統は、こんな時刻に、あんなところへ行かれるのか？」

「あんなところがどんなところかご存知ですかな？」

ナイアルラトホテップは、はっきりと笑い声をたてた。

ヘスが怒りの視線を向けたとき、彼はすでに歩きはじめていた。

じきに、二人はこの場所について、ナイアルラトホテップの口にした事柄を理解した。

ベルリンどころか、世の何処にもこんな場所はあり得ない。

道は泥濘《ぬかるみ》と化して二人の足首にしがみつき、木の根を踏んだかと思えば、蛇の胴のごとくうねって土中へ逃亡を謀った。

行方も知れず何も見えぬ前進ほど疲労を招くものはない。ぬかるみはやがて膝まで達し、足を引き抜き、突き入れるたびに二人は息を荒くした。いつ果てぬとも知れないそれに耐えさせたものは、総統が先行しているという事実と、次第に高く激しく霧と脳髄の中で鳴り響く太鼓、そして、確実に近づいてくる狂気の群集による呪詛の斉唱ともいうべき声と土を踏む音であった。

ついに疲労のあまりヘスが足を止めたとき、数歩先を行くヒムラーが、着いたぞと、歓喜とも断末魔ともつかぬ声をふり絞った。

距離は掴めないが、ぬかるみの先に松明《たいまつ》らしい炎が幾つもゆれ、それに囲まれた空間で、おびただしい人影が踊りまくっている。それがどう見ても、二人と同じ五体を備えた人間のものなのに、踊る姿は、その動きも手足の動く位置や方角も、生物の道理を超えているのだ。手首と肘と膝関節が逆方向に曲がるのまでは我慢していたヒムラーも、影たちの首が難なく三六〇度回転し、それが続けざまに三度繰り返されると、ついに失神してしまった。支えなければ泥にまみれて窒息死したかも知れない。

ヘスといえども、精神的恐慌は、ヒムラーに劣るものではなかった。彼を支えた膝はそこで屈しても不思議ではなかったのである。

それを救ったのは、松明の炎の手前に立つ影の顔を炎が照らし出したからであった。

「総統」

と彼はつぶやいた。

「これを見に来たのですか、これを？」

炎の外と内側《なか》とで踊り狂う影たちの熱狂は、最も奥の輪の内側に新たな炎の噴出を招いていた。

このとき、周囲の光景が昼のごとくに照らし出され、ヘスは眼前の光景が、ぬかるみから五〇センチばかり浮き上がった平らな石の台地の上で展開していること、踊り——というより儀式に加わっている人々が数百のオーダーに達していること、石台を囲む巨木の幹とその差しかける大枝に、人の形が蜘蛛のごとくに貼りつき、或いは蝙《こう》蝠《もり》のごとくにぶら下がっていることに気がついた。

突然、そいつらが一斉にふり返ってヘスの頭上をふり仰いだ。

何かが飛んで来た。狙い澄ましたかのように炎の中に吸いこまれ、炎が崩れたかと思える大量の火片がとび散った。

またひとつ。

またひとり。

奇怪なダイブは暗黒の空からサーカスの芸人のごとく妖しく正確に続いた。

「なぜ、火の中に……」

死を恐れる姿にある種の感動を覚えたヘスへ、黒衣の男は、なおもフードの頭を横にふった。

「それは自ら望んだことではないからです。あれは自発的なダイブではありません。投擲《とうてき》です。彼らの出自は、インド洋のアルダフラ諸島、太平洋のマルケサス諸島、そして大西洋のバミューダ島その他。彼らは偉大なるクトゥルーの手によって、その島々のひとつから選ばれ、今宵の生贄として火中に投じられたのです」

「すると、いま、この夜のために、数千キロの距離を投げとばされて来たというのか？　それでは、我がV1号、V2号ロケットよりも正確——いや、拳銃で一メートル先のトラックに命中させるより正確だぞ」

ヘスの思考は、人外のものを自らの世界に適応させ、その精神《こころ》は感動に震えていた。

「その力を、その正確さを兵器として使えたら――ああ、イギリスごとき一週間で白旗をあげさせたものを。総統――あなたがクトゥルーとやらに魂を捧げた理由がよくわかりました」

踊り狂う影たちが、奇怪な意匠の刺青《いれずみ》を施した全裸の男女であることはもうヘスにもわかっていた。殆どは黒人であったが、東洋系――インド人や中国人、日本人も、そして白人も加わり、いわば汎《はん》地球的な人種がひと柱《はしら》の邪悪なる神の下で、いまだ各国の政府が成し得ぬ肉体と魂の統一を完成させているのであった。

肉の焼ける臭いに気づいた踊り手たちが、炎の中から何かを引きずり出し、引き裂いて食らいはじめるのを見ても、ヘスは驚きもせず野蛮とも思わなかった。彼も踊り子たちの仲間に加わり、総統とクトゥルーに魂を捧げたかった。

その耳に、偉大なるクトゥルーを兵器に？　と嘲《あざけ》りとしか思えぬナイアルラトホテップの声が聞こえたのである。

同時にひとつの影が、ふらりと新たなる炎に近づいていた。

「総統――何処へ？」

彼はヒムラーを泥の中へ放り出し、忠誠を誓ったものの後を追おうと前へ出た。

その足を止めさせたのは、総統を囲む数個の影であった。炎に照らし出されたのは、かろうじて判別し得る横顔のみであったが、それらはナチス・ドイツ副総統の歩みを凍りづかせるに十分な力を持っていたのである。

「あれは……フランクリン・ルーズベルト……」

「あれは……ウィンストン・チャーチル……」

ヒムラーであった。彼は泥の中で言った。

「あれは……ヒデキ・トージョー」

「あれは……ベニート・ムッソリーニ」

「あれは……フランシスコ・フランコ……」

みなが炎の中へと歩いて行く。その核で燃えさかる何かを凝視しながら。

何かを――何かを。

見よ、動いたではないか。炎の中で何やら巨大なものが……

影たちが踊った。大枝にすがるものたちが、生贄の数少しと見て火列の祭壇に加わったのである。

あらゆる音が絶えた。狂信者たちはもう踊るのをやめていた。

炎の皮が一枚ずつ剥され、その内側から途方もなく巨大な、そこはかとなく緑を帯びた影が立ち上がろうとしていた。

ゆっくりと左右に広がっていくのは、巨大なる翼か。この星を取り巻け。我が国民以外を圧殺してしまえ。世界の指導者は、みなクトゥルーの信徒なのだ。

追いかけろ、サハラの砂を撒き走る一台のタイガーを。その中の赤児を捕獲せよ。クトゥルーに捧げるのだ。それが出来なければ殺せ。おお、クトゥルーはこう命じておられる。

ヘスは走った。ヒムラーもそれを追った。

総統を止めるためではなく、自らも加わるために。

　そのとき、巨大なものが動いた。

　それ以外には理解し得ぬ形をした眼が、虚空の一点を見た。

　それは、世にも美しい鞭のように見えた。どぎつい赤でさえ聖なる色彩《いろ》に見せる優雅さは、その先端が触れるや消滅する人々が悲鳴ひとつ上げないことからも明らかであった。

　それは居並ぶ首脳たちにも触れた。

「何処へ行く？　時間と空間を超えて、彼らの統べる国へと帰したのか？　ヨグ＝ソトースよ。偉大なるクトゥルーに反旗を翻《ひるがえ》して、あなたは何処へ進もうとしているのだ？　そうとも、主よ、何《クォ・ヴァ》処《ディス》に？」


　その翌日、ルドルフ・ヘスとハインリッヒ・ヒムラーは自宅のベッドでつつがなく眼醒めた。

　きちんとパジャマを身につけ、肌からは石鹸の匂いがした。足を見た。泥はねなどついていないし、疲れてもいない。定刻に帰宅し、十分な食事を摂って風呂に入った。ここまではその通りだ。それから――

　家人に尋ねても、お休みになってから外出などしていないとの返事であった。

　尾行に使ったのは公用車だが、これも昨日の朝からガソリン満タンの状態で車庫に納まっていた。

　――総統はどうなされた!?

官邸の寝室で、こちらはまだ就寝中、昨夜は外出などしていないと知ったとき、二人はすべてを忘れることに決めた。

2

「もう飛行機は来ねえな」

上空を伺っていた真城が、ひと安心といった表情で地上へ下りた。

「せめてもですね」

エンジンを修理中のガルテンスを不安そうに覗きこんでいたバロウが、やっと笑顔を見せた。

これで一〇〇と三〇〇キロ。

「ハリケーンもスピットも所詮は局地戦闘機だ。ここまでは追って来られまい。爆撃機が来るなら別だが、そこまではやらんだろう。それに、一応ドイツ戦車だ。いざとなれば、イタリアとドイツ空軍が守ってくれるさ。後は戦車と歩兵どもだ」

バロウはまたも不安の眼差しを、修理中のガルテンスに送った。エンジンはもう見なかった。

ガルテンスは汗だくで取り組み中だが、表面は言うに及ばず、メイン、ベアリング、ピストン、シリンダー、コンロッドといった内部部品も塩を吹いているのだろう。トランスミッションもやられているのは間違いない。

とどめを刺すように、赤ん坊を抱いた酢が、

「これはひどい。ただの海水ないある」

と、履帯《キャタピラ》の前に屈みこんだ。直径七〇センチ超の転輪が一枚残らず錆だらけだ。

「あの〈函船〉殺しめ、一矢報いて行ったあるね」

「そういうこった。おい、ガルテンス。修理にどれくらいかかる？」

「何とか動かすのに丸一日ですね」

「つまり、明日の今までは、敵の攻撃を受け放題ってわけか。多分、戦車より野砲が先に来るな。動けねえ戦車なんぞ、ただの鉄の函だ。野砲の五門と歩兵の五十人も来れば、三十分ともちゃしねえ」

バロウと酢が、幾分うんざりしたように彼らの上役を見つめた。戦車長がこれを言うか、と咎める眼つきであった。

エンジンが停止したのは二十分ほど前。目下午前八時少々だ。すでにサハラは熱気に包まれている。

「ヨグ＝ソトースは何をしているんですかね？」

ガルテンスが汗を拭きながら忌々しげに訊いた。

「こういうときに出て来てくれないと無用の長物ではありませんか」

どうもこのドイツ人将校は、契約の内容も契約相手のことも理解しているはずなのに、その理解にいい加減なところがある。ドイツ人特有の科学的合理主義が、邪神などという存在を、概念以前に否定したくなるのかも知れない。

「なら、最初から自分で子供を連れてけって話だ。神様のやることが、おれたちなんかに理解できるかよ」

「それなら徹頭徹尾《てっとうてつび》それで通すべきではありませんか。自分には気まぐれで手前勝手な神としか見えません」

「神様、みんなそうあるね」

酢がにやにやした。

「あまり悪口言うと、この子に言いつけられるある」

ガルテンスは溜息をついた。

「おくるみに包まれた密告者か。車長、提案ですが、このような非合理的な存在は、始末してしまったらどうですか？」

「本気で言ってるのか？」

「いえ。半分は嘘であります」

「ドイツ人は契約を重んじないのか？」

バロウがからかうように言った。

「侮辱ですぞ、中尉。我々ドイツ人はいかなる民族よりも信義を重んじるアーリア民族の代表です」

「なら契約を守れ」

バロウのひとことに、ガルテンスは苦虫を噛みつぶした。

「それは仰せのとおりですが、その契約とやらも我々は十全に理解しておりません。つまり、その履行によって我々にはいかなる利益がもたらされるのか、です。ヨグ＝ソトースは何故、それを明らかにしないのか。それは利益など与えるつもりがないからではありませんか？」

「それはそのとおりだ」

真城が認めた。

「おれも、みんなもそう思ってる。しかし、こればかりはなあ」

「一方的な押しつけ契約としか思えません」

真城は、しかし、首肯《しゅこう》は出来なかった。深夜の叫びを思い出したのである。

ガルテンスの叫び。バロウの、パーゲティの、酢の、そして、他の連中が聞いているはずの自分の絶叫。

おれたちは、何をして来たのだ？

「おい、酢——手伝え」

ガルテンスが喚いた。

「あいよ」

中国人はおくるみを覗き込み、それから周囲を見廻して、真城のそばに寄ると、

「頼むある」

おくるみごと渡した。

「おい」

と眼を剥くのを敬礼して黙らせ、さっさとエンジンへと向かう。

「任せるぞ」

真城はバロウに下駄を預けた。

「お任せを——どうしました？」

真城はバロウを見つめた。

骨に皮と眼の玉を貼りつけたミイラがそこにいた。

「車長？」

ミイラがバロウの声を出した。

真城は眼をこすり頭を強くふって、また見つめた！

ミイラはそこにいた。バロウの軍服を着て。

「気のせいだ」

真城は自分に言い聞かせた。

「は？」

「泣かすなよ」

真城は背を向けた。

いきなり爆発した。

人間の赤ん坊の泣き声に間違いない。だが、寝そびれた百人がまとめてヒスを起こしたらどうなるか。

顔に似合わず、などと感心している場合ではなかった。

真城以下全員が耳を押さえた。バロウがおくるみを取り落として、

「車長――抱いて下さい」

と叫んだ。

真城が従ったのは、聞きっ放しでいたら、すぐに頭がおかしくなると確信したからだ。

抱き上げた途端、周囲は静寂に満ちた。あまりの切り返しの良さに、その異常さに思いをはせるより早く、

「なんて現金な餓鬼だ」

と真城は呆れ果てた。

「気に入られたようですな」

バロウが、吹き出た汗を拭きながら敬礼した。赤ん坊の魔力から解放されたのか、まともな姿に戻っている。

「よろしくお願いいたします」

「酢――さーん！」

真城はエンジン修理班の方を向いて叫んだが、答えたのはガルテンスであった。

「野郎、いまの声を聞いて泡を吹いてしまいました！　介抱しています」

「えーい、どいつもこいつも」

真城は地面をひと蹴りしてから、おくるみの内《な》部《か》を睨みつけた。

黒い山羊そっくりの顔が、明るい笑い声をたてた。

「笑ってますね」

バロウが、にやにやしながら、真城の顔を見た。

「何がおかしい？　上官侮辱《ぶじょく》罪だ。軍法会議にかけてくれる」

「失礼いたしました」

「手持ち無沙汰だ。おれはあの岩山のあたりを偵察してくる。パーゲティを頼むぞ」

少し離れた岩の陰に設営してあるテント内に横たわるイタリア人をちらと見て、

「ほれ」

とバロウに赤ん坊を渡そうとしたら、びえええええんと百人分の泣きが入り、真城は結局、子連れで出かけることになった。

糞餓鬼が糞餓鬼がと念仏のように唱えながら、汗水垂らして岩山まで二〇〇メートルほど歩き、日蔭に入って、何気なく岩の表面に眼をやった。

「ん……絵だ」

無意識に洩れた。

尋常小学校入学以前の落書きとしか思えない殴り書きみたいな線が描いているのは、槍や弓を持った人間とマンモスや鹿やと思しい獣。

「へえ」

と面白半分で眺めているうちに、真城はおかしなことに気がついた。

マンモスの隣りに変な奴がいる。

ヤリイカの頭と触手のような顎髭《あごひげ》、ずんぐりした胴体の背中には小さな――退化したような翼がついている。手足には不釣り合いに大きな鉤爪《かぎづめ》が凄味を利かせている。

そいつの周囲の波のような線からして、海から地上へ上がる寸前のようだ。獣に弓と矢で挑んだ人間たちは、全員、波線の縁――波打ち際にひれ伏していた。

稚拙な絵は、しかし、真城にめまいを起こさせるほどの不気味な気を放出していた。描かれたのは数万年も前だろう。そいつはその間、灼熱の砂漠で、石に刻まれた線となって生きていたのだった。恐怖そのものとなって――。

「こいつだ。こいつがクトゥルーだ」

真城が、思わず口走ったのも、この時間を超えた妖気のつむじ風に巻き取られたせいであった。

「ここ、このイカ野郎、おれを脅かすために何万年も待ってたのか」

気力をふりしぼった叫びも、汗まみれの弱者の遠吠えにしか聞こえない。こういう場合、そばにいる人間に救いを求めたくなるものだが、真城も人間ではなかった。

思わずおくるみの中を覗きこんでしまった。

次の瞬間、真城は元に戻っていた。

「あん!?」

声に出したほど、健全な精神状態であった。岩の絵を見た。ただの古い絵ではないか。何がクトゥルーだ。

真城は黒い顔に笑いかけた。

「まだ気味が悪いが、おまえのおかげでまともになれたのか？　だったら礼を言うぜ。おい、笑ってるのか？」

とてもそんな人間的感情を表わせるとは想像もできなかった異形の、眼が口もとが確かにそんな形を取っている。

「ありがとよ、坊主。クトゥルーよりヨグ＝ソトースに限るぜ」

こう言って、彼はまた不気味な絵のモデルを眺めた。

波打ち際にひれ伏す人々のすぐ後ろに、別のものが見えた。怯えが消えて冷静な判断が戻ったのだ。

「――何だこれは？　戦車か？　まさかな」

大きな四角形の内側に小さな四角形が入りこみ、そこから長い線が突き出ている。自らの判断を一概に否定はできない形であった。


「えーい、わからねえ！」

いら立ち右足を持ち上げて地べたを踏みつけた途端、足は砂にめり込み、真城はひとつ悲鳴を上げて、勢いよく頭まで吸いこまれた。


真城と赤ん坊が発見されるのは、探しに出たバロウと酢とガルテンスがへとへとになって戻ってから、さらに二時間も経過した夜であった。

発見といっても、呆けた状態でみな頭を抱えているところへ、砂漠の奥から飄然《ひょうぜん》と姿を現わしたのである。

部下たちの問いには何も答えず、その顔に、肉体的なものとは別の凄まじい疲労の痕を認めた彼らも、重なる追及はできなかった。

おくるみを酢に預け、板切れに布を張った陽除けの下に自力で入ると、真城はたちまち眠りに落ちた。

何と判断していいのかわからず、みな混乱した胸中を必死に抑えている中で、傷を押して出て来たパーゲティが、真城が手にしているものに眼を止めて、

「何だ？」

と覗きこんだ。

すぐにガルテンスが並んで、

「ネックレスか？」

色とりどりの石とも珠ともつかない球体に穴を開け、植物の繊維を通したものである。

見た目は古い品ではないが、よくわからない。

拳《こぶし》を開こうとしたが、びくともしなかった。

「よくよく大事なものらしいぞ」

「車長のものじゃあるまい。およそ似合わん」

「服も長靴も埃だらけだ。丸いちにち何処をほっつき歩いてたんだ」

そこへやって来たバロウが、

「何もかも明日だ。今日いちんち、追手も前進してるだろう。武器を抱いて寝ろ」

その晩もテントや寝袋の中から不気味な呻きが夜気に流れたかどうかは、わからない。

3

翌日、真っ先に流れたのは、

「何してる、起きろ！」

昨日の謎など忘れ果てたような真城の怒号と、蒼穹の爆音であった。

「何をぐーすか寝てやがる。飛行機だ。対空戦闘用意」

みな呆然としたが、確かに上空には黒い機影が見える。五機と数えて、全員が戦車へと走った。

いつ持ち出したのか、両手に構えたMG42を向けようとする真城を、バロウが押さえて、

「あの高さじゃ当たりません。弾丸の無駄使いです。それより、地上の方が問題です」

「そらそうだ」

「酢によると、あと少しで何とか動くそうです。ここは逃げましょう」

「逃げる？」

真城の眼が爛々《らんらん》とかがやいた。バロウは、しまったと思った。この男はサムライなのだ。

「退却ならいいが、逃げるのは許さん。おい、さっさと乗れ。乗ったら上へ向かって一発射つんだ。絶対に命中させろ、外したら軍法会議だ！」

「イエッサ」

溜息をこらえて、バロウは戦車へ向かった。だが、一発を射つことは出来なかった。

上空の機影は旋回を繰り返していたが、うち一機が急に降下しはじめたのである。

「来たぞ！　爆撃だ！　射てえ」

絶叫する真城の足下に、ひゅうと音を引いて、金属の円筒が突き刺さった。わずかに遅れて猛烈な風圧を叩きつけながら、敵機は急上昇に移った。

身を屈めてやり過ごしてから、真城は円筒――通信筒より先に、機影を見上げた。

「メッサーシュミットだ。おい、同盟国だぞ！　射撃は中止だ！」

その声に合わせたように、一二八ミリ砲が火を吹いた。

「莫迦野郎。誰が射てと言った。軍法会議だぞ！」

幸い弾丸は外れ――というより、試し射ちくらいの気分だったらしい――エンジンが始動を開始した戦車へ、真城はとび乗った。

キューポラへ入って通信筒を開いた。ドイツ軍の公式な通信用紙に、タイプ打ちで、

当方、貴公らの三キロ後方にあり。戦車三〇輛、歩兵千。速やかに投降するようお薦めする。

独アフリカ軍団総司令

エルヴィン・ロンメル

ドイツ語だが、あっさりと読めた。

「ロンメル!?　凄げえぞ！　――おい、ガルテンス、ロンメルとは何者だ!?」

ガルテンスが眼だけで歯を剥かなかったのは英断だ。

「六月二十二日にトブルクを陥落《かんらく》させた将軍です。同じ日付けで総統から元帥に昇進させられています。史上最年少、ドイツの将軍で最も有能といわれる人物です」

「ほお。投降しろと言って来てる。これに逆らったらどうなる？」

「それは――攻撃して来るでしょう。北アフリカの我が軍がその気になれば、この戦車を行動不能

Erwin Johannes Eugen Rommel

に陥らせるくらい朝飯前でしょうからな」

「ほお。本気でそう思っているのか？」

「それが現実です。いくら、凄い戦車といえど、空と陸からの全軍総攻撃には敵いっこありません」

「すると、これまでの出来事は夢か幻だったと言うわけか？」

「それは――」

ガルテンスは沈黙した。

「まあ、いい。おれもあれは幻で、こっちが現実て気がしないでもねえんでな」

真城は笑顔になった。

「だが、その赤ん坊を無事送り届けるってのも現実だ。同盟軍に要求されたからって、それをやめるわけにはいかん。また捨てることも。ヨグ＝ソトースさんが黙ってねえぞ」


真城は狭い車内で前方を指さした。

「前進！」

タイガーは走り出した。エンジンも快調に稼働している。

「よし」

真城がキューポラから身を乗り出して双眼鏡を眼に当てた。

上空のメッサーは相変わらず旋回中だが、敵の車輌はまだ見えない。

「目下、順調か」

言いかけて、気がついた。

「おい、全速前進だぞ。何してるんだ？　これじゃ半分だぞ！」

酢が答えた。

「エンジンの修理、これが精一杯ね。時速一六キロ——半分ちょい出てるあるね」

「そんなもの自慢するな！」

真城が叫んだとき、耳慣れた響きが追って来た。後方百メートルほどのところに、それが着地するや、大地が噴き上がった。

砲撃だ。真城はすでにキューポラから下に潜っている。

同時に急降下していたメッサーが頭上を通過——急上昇に移るや、前方三百メートルほどのところに土煙が上がった。

今度は爆撃だ。

「安心しろ。威嚇射撃だ。当たりっこない。ガルテンス、後ろに一発ぶちこんでやれ。勘でいい。当てるな」

「了解」


戦車が停まり、砲塔が回転した。

今回もガルテンスを含めて全員が首を傾げたかったに違いない。外から見ると、この戦車は車体砲塔一体型である。上部のみが廻るはずはない構造である。前方以外の敵は、車体ごと方向を変えて射撃しなければならない。

しかし、砲塔は廻った。

「発射！」

衝撃と雷鳴が七五トンの塊りを震わせ、砲身が後退する。

双眼鏡の奥に砂煙と——黒い車体が見えた。戦車とトラックだ。確実に距離を詰めてくる。時速一五キロでは話にならない。

「ガルテンス、上がって来い。戦車の種類と砲の射程距離を教えるんだ」

Panzerkampfwagen IV

すぐに入れ替わった。

双眼鏡を当てるや、ガルテンスは、

「戦車はⅣ号戦車のみ。七五ミリ砲の有効射程は二〇〇〇メートルです。後はKｆｚ69重兵員車と――おや、英軍のベッドフォードOXDトラックか。持たぬ者の哀しさですな」

北アフリカの戦線が広がるにつれて物資輸送も頻繁に行うようになったが、補給量の少いドイツ軍は、連合軍の残したトラックや兵員輸送車等を分捕り、自国のマークを付けて使用したものである。

「Ⅳ号戦車は七五ミリ砲搭載――有効射程は二〇〇〇メートルです」

「ロンメル閣下からのご通達だと、三〇輌。こいつと射ち合って勝てるか？」

Bedford OXD

「答えのわかっている質問はお控え願います」

「よし、なら――と言っても、一応同盟国だ。向うが殺そうとしねえのに、こっちから牙を剥くのも後味が悪い。おい、ガルテンス、履帯《キャタピラ》を狙え。まず、先頭の奴からだ。方位十一時三十二分――距離二〇〇〇」

「装填完了。照準良し」

「射《て》えーっ」

ヨグ＝ソトースの力は、案外こんな小技に発揮されるのかも知れない。迫るⅣ号戦車の左履帯の前面が炎に包まれるや、それは平べったい蛇のように地上へのたくり、鉄輪を吐き出してしまった。

「よっしゃ。次だ」

と拳をふった途端、耳もとを銃弾がかすめた。いちばん近いトラックの屋根の上に、ライフルを構えた兵隊が見えた。

「糞ったれ！」

真城は喚いて、

「ガルテンス、あのトラックをふっとばせ！」

「同盟国ですが」

「くっそお。機関銃を貸せ」

バロウが差し出したＭＧ42を構えるや、真城はトラックめがけて射ちまくった。

タイヤを射抜かれた一台がハンドルを切り損ねて横転し、別の一台のエンジンが火を噴いて急停車に陥る。

「はあっはっはっはあ。ざまあ見やがれ、ナチ公め」

のけぞって笑う真城へ、バロウが、

「車長——ガルテンス」

とたしなめた。ドイツ軍人である。

第九章　超人軍団

1

上空から機影が急降下してきた。メッサーだ。

そのとき、真城の——いや、全員の身の芯を、痺れに似たものが走り過ぎた。

——今までと違う
真城は車内へとびこみ、ハッチを閉めた。

ぐわあああん
吊り鐘が叩かれたとき、内部《なか》にいる人間はこんな感じだろう。

衝撃波が耳から脳を直撃し、ゆらすゆらす。視界はブレない。廻る。世界は大渦だ。

「車体に直撃弾だ」

バロウが呻いた。メッサーではなかったらしい。

また叩かれた。天井だ。衝撃は小さいが連打だった。今度はメッサーの機銃だ。全員がのたうち廻った。

ヤク・タイガーの前面装甲は二五〇ミリ。七五ミリ砲の直撃くらい平気で撥ね返すが、内部はかくの如しであった。

「酢、子供はどうだ!?」

「大丈夫。ビクともしてないある!」

「よし、任せたぞ」

と返して、

「敵は方針を変えたぞ」

真城は叫んだ。

「赤ん坊ごと始末する気だ。こっちもそのつもりでかかるぞ――ガルテンス、射てなきゃ替われ！」

「いえ、やります！」

「よし、この戦車なら、Ⅳ号とやらを全て撃破できる。追いつかれ囲まれる前にやっちまえ！」

「しかし――何故急に⁉」

バロウであった。

「おい――坊主、知らんか⁉」

と問い質したのは、やけっぱちの余りだ。返事を当然待たず、真城はＭＧ42を手にキューポラへ駆け上がった。陸戦の王者も空からの攻撃には弱い。戦闘機の機銃くらいならともかく、爆撃機でも来たらおしまいだ。

ハッチを押し開けた。

「わっ⁉」

急降下してくる――〝スツーカ〟爆撃機だ。翼下に吊された爆弾まではっきりと見えた。

瞳に灼きついた機影が、突如炎に包まれた。

「は？」

炎の尾を引きながら落ちていく残骸を見ている暇はなかった。

火花の開花は続いた。

別の炎の花が真城の眼を奪った。

地上の戦車やトラックが次々に破壊されていくではないか。

頭上を爆音が通過していく。〈スピットファイア〉と〈ホーカー・ハリケーン〉だ。

「何事だ⁉」

Junkers Ju 87：Stuka

燃え上がる戦車と輸送車の彼方から砂煙が壁のように近づいてくる。

真城の双眼鏡は、またも戦車とトラックの群れに焦点を結んだ。

「あれは――イギリスのリーとマチルダⅡ、MK・Ⅲバレンタイン。それとアメリカのM４シャーマン。何だこりゃ？　イタリアのM13／40中型とセモベンテM40DA75じゃねえか。いつ、連合軍と手え結んだんだ、イタ公め」

呆然とする真城へ、下から酢が声をかけた。

「車長――この子が絵を描いた。とんでもない絵よ」

「見せろ」

「駄目ある。壁に描いたある」

「何ィ？」

鉄の壁へ、どうやって？　とは訊かなかった。ヨグ＝ソトースの息子だ。それくらいのことはやるだろう。

「何て描いてある？」

「絵です。見て下さい」

これはパーゲティの声だ。

本来ならそんな場合ではない。ドイツの戦車隊を破壊した連合軍プラス、イタリア軍はすでに弧を描きつつヤク・タイガーを包囲しようとしているのだ。

だが、真城は下りた。

酢と赤ん坊は車体の左隅に縮こまっていた。

バロウはハンドルに、ガルテンスは砲に付ききりである。真城は二人を押しのけるように酢を覗きこんだ。

酢の横の壁に確かに絵は描かれていた。

「鉄の上だぞ。この線を刻んだのは、確かにその餓鬼か？」

「指あるね。わたし、ずっと見ていたある」

絵はあれだった。

ヤリイカの頭部と太い髯《ひげ》を何十本も垂らした生物が水際から上陸する、その前の砂浜に、何十人もの人々がひれ伏している。そのうちの何人かが顔を上げている。

「これを――こいつが描いたのか？　本職の似顔絵描きだって、こうはいかんぞ。瓜ふたつだ」

真城は、ひとりを指さした。

と言った。

「アドルフ・ヒトラー」

二人目、

「セオドア・ルーズベルト」

「三人目は――ウィンストン・チャーチル」

「四人目は――ベニート・ムソリーニ」

「五人目は誰だ？」

「フランコ将軍です、スペインの」

とバロウが代わった。

真城の指は最後のひとりを差した。

「六人目はわかる。我が東条首相だ。これはつまり――目下戦時中の主要六カ国のトップが全員、クトゥルー信仰に帰依したってことだろう。つまり、これまでは、赤ん坊をとっ捕まえてヨグ＝ソトースと仲良くしようとしてた彼らが、クトゥルーと結託しておれたちの抹殺を決めたんだ」

「どんな鼻薬《はなぐすり》、嗅がされたあるか？」

「クトゥルーの秘宝の一部だろうな」

真城は何故か自信たっぷりに言った。

「邪神だか宇宙人だか知らんが、大宇宙を越えてやって来た生物だぞ。その科学力や生命力を少し明かされただけで、その国は世界一の強国になれる。赤ん坊のひとりくらい、国中の戦力を掻き集めてもひねりつぶそうとするさ」

車体が続けざまにゆれた。至近弾を食らったのだ。

「くっそお。何してやがる、ヨグ＝ソトース！」

真城は歯を食いしばって、キューポラへ昇った。

狙撃兵は常に車外へ姿を現した指揮官を狙う。蛮行と言っていい。

顔を出した真城は、すぐに、ぐえ、と呻いた。

四方は敵戦車が囲み、頭上をスピットが飛び過ぎる。


彼らは包囲の真ん中にいた。

いくら圧倒的な武装と防禦力を誇るヤク・タイガーといえど、七五ミリ砲を至近距離から絶え間なく射ち込まれたら防ぎ切れるものではない。しかも、頭上には飛行機だ。メッサーもスピットも迎撃が主任務の局地戦闘機である。ここまでやって来れたのは、燃料タンクをトラック移送し、砂漠で注入したものであろう。砂《すな》砂漠でなければ、表面は滑走路なみに硬い。

「そこにいる赤ん坊を渡せ」

右方から英語のアナウンスが流れて来た。

「十秒の猶予を与えよう。それを過ぎたら攻撃に移る。赤ん坊を渡せば、諸君の安全は保証する」

声の出どころはイギリス軍のハーフトラックだ。車輪と履帯を備えた車体は、砂地では殊の外有用性が高く、敵の車輛を捕獲した際は、まずそれを探すのが常道だ。そこに乗車しているのは、英の将官であろうが、こんな場合の掟を破って姓名も階級も告げないのが不気味だった。

「まだ、ヨグ＝ソトースの餓鬼に未練があるな」

と真城は踏んだ。甘い汁の夢が捨てきれず、最初から攻撃を仕掛けられないのだ。だが、十秒過ぎれば、そんなこだわりと迷いをかなぐり捨てて、クトゥルーの名の下に総攻撃を仕掛けてくるだろう。頭上の機影はすでに爆撃機のそれに変わっていた。

「訊きたいことがある」

真城は口の脇に手を当てて叫んだ。

「赤ん坊はどうなる？」

「知らんな」

実に要《よう》を得た答えが返って来た。

「それで済むのか？　ヨグ＝ソトースの倅だぞ。そんな返事をしたと知ったら」

脅しが効くまで二秒と真城は踏んでいた。

半分で返って来た。

「赤ん坊は偉大なるクトゥルーに捧げられるだろう。だが、おまえたちは解放される。自分の身の上を考えたらどうだ？」

「仰せのとおりだ」

「一〇《じゅう》数える。その後は――一〇」

「決を取る」

と真城は車内へ声をかけた。

「降伏したらどうなるかだけはわかったな。とりあえず、その餓鬼を渡せば、おれたちの生命は保証される」

「……八《エイト》」

「おれの意思は、生命が惜しい奴は出ていけ、だ。さっさと決めろ」

「……六《むー》」

「車長は残るのですか？」

ガルテンスが訊いた。

「勿論だ。さっさと出てけ。ここにいたら、間違いなくバラバラにされるぞ」

「残るの、この子のためあるか？」

酢がおくるみを指差した。何となく感動している風がある。

真城は首をふった。

「とんでもねえ。こんな可愛くねえ餓鬼のために生命を捨てられるか。おれは日本軍人だ。敵が多いからと言って、おめおめ白旗を上げられるか。立派に死んでやるぞ」

「三《ドライ》」

バロウがキューポラを駆け上がった。ガルテンスも後に続く。

「この裏切り者」

酢が喚いた。

二人の将校は車上で大きな伸びをした。

それから昇った順にキューポラへとびこんで真城に敬礼した。

「ただいま、帰りました」

真城がにんまり笑った。

「おお。それじゃあ敵中突破と行くぞ」

全員が苦笑を返した。さっき立派に死ぬと高言《こうげん》していたのが、もうこれだ。

「バロウ、ガルテンス――準備しろ！」

「――一《いち》」

と数えて、英軍の将校は嘲笑を洩らした。偉大なるクトゥルーに歯向かう愚か者ども。ここで砂漠の砂粒と化すがいい。

彼は笑った。

概ね人間の笑いだったが、わずかに蛙の鳴き声を思わせるところもあった。

周囲の無線技師や兵士は、不安気な顔を見合わせた。この将校が前からおかしいのは周知の事実であった。他にも将校や兵士の中に、似た連中はいるが、彼らが表立つこともなければ、彼らのせいで作戦に支障が生じることもなかった。

だが、今日は別だ。いちばん異常な奴がこの作戦のトップに任命されてしまったのだ。そういえば、アレキサンダー将軍もモントゴメリー中将もおかしいと、一部ではささやかれている――本国の上層部は何も知らないのだろうか。こんな奴らと一緒に戦争をやるのか？　真っ平だ。

「応答無しだ。全車、発砲用意」

将校がマイクに向かって叫んだ。

つづいて――

ヤク・タイガーの砲身が、ぴたりとこちらを向いた。

「射え～～」

と叫んだのは将校ではなかった。

「やった！」

燃え上がる――前に四散してしまったハーフトラックへ拳をふるると、真城はバロウの背中を叩

いた。

「行け行け行け。中央突破だ。五、六発食らっても気にするな。おい、酢——坊主を頼むぞ!」

タイガーは走り出した。

たちまち、車内は吊り鐘の内部と化した。ひええ、ぎえええ、とみっともない悲鳴と叫びが入り乱れる中で、黒い赤ん坊だけが、それだけは美しい瞳を一点に据えて、身じろぎひとつせずにいた。

2

地上戦ならば、三〇輛の敵戦車といえど、ヤク・タイガーの敵ではなかったろう。ただし、これは長距離戦《ロング・レンジ》であることを必要とする。

戦車戦に限らず、戦いにおける王手は、先手必勝によりもたらされる。

こちらの姿を見せず、或いは気づかれぬうちに、攻撃をしかけて壊滅に導くのだ。これに、敵の射程距離を凌ぐ砲火が加われば、半ば以上勝ったようなものだ。

不意討ちの衝撃から立ち直ったにせよ、こちらの砲火の届かぬ距離から攻撃されれば成す術もない。

通常、戦車同士の戦いは、その砲と防禦力とによるが、一〇〇〇から一五〇〇メートル以内で行われる。この距離なら小口径砲の破壊力でもカバーできるからだ。

ヤク・タイガーの一二八ミリ砲は、これを三〇〇〇メートルに取ってあらゆる敵戦車を撃破できた。Ｍ３グラントもＭ４シャーマンも。クルセーダー等は敵とすら言えなかった。

三〇輛中二〇輛が炎の朱《あけ》に染まったとき、こちらも十数発の命中弾を食らって半死半生状態のバロウとガルテンスが、弾かれたように頭上を見上げた。閉まり切っていなかったキューポラのハッチが、独特の風切り音を伝えて来たのだ。

「〈ユンカース〉だ！」

「スツーカだ！」

二つの言葉はただ一種の爆撃機を指していた。〈ユンカースＪｕ87〉″スツーカ″――何よりも爆撃時に発する独特の風切り音によって知られる急降下爆撃機である。このドイツ空軍機を、イギリスは捕獲後、ヤク・タイガー殲滅のために持ち出して来たのだろう。

ひゅううう。

近づいてくる。

それが不意に上昇へ移った瞬間――

爆発が起こった。

ひとりを残して耳と頭を押さえ、身を縮めていた連中の中で、酢が真っ先に顔を起こした。

「外れたか？」

「いや――違う」

真城がキューポラへと駆け昇った。

空中爆発を起こした″スツーカ″は、すでに地面のあちこちで火を噴き上げている。

「また仲間割れか？」

見開いた眼の中を、斜めに何かが上昇して行った。

空中で残りの〝スツーカ〟とスピットが姿勢を崩し、見る見る落ちていく。射ち落とされたのだ。火花だが、武器は機銃でも対空砲でもなかった。ひとつ上がらず、銃声一発聞こえないのだ。

「まさか——石か？」

思いつきだ。その確証も掴めぬうちに、飛行機は次々に撃墜されていく。

「脱出だ！ ——急げ、バロウ、全速前進」

「了解！」

タイガーは走り出した。エンジンと履帯に被弾しなかったのは奇跡に近かった。

残存戦車とハーフトラックが追いすがる。

黒い塊がその胴体を貫いた。シャーマンが吹っとび、グラントは火に横転した。炎ひとつ上がらない。射入孔ひとつ開いていない。内部の兵士たちは最初の激突——の衝撃だけで即死してしまったのだ。かたわらを通過するトラックが止まった。兵士たちがとび下りて救助に向かう。

その身体を灼熱の銃弾が貫通してのけた。銃撃に気づく暇もなく全員が死亡、二輛目、三輛目も同じ運命を辿った。

弾丸はガソリン・タンクとエンジンも射ち抜き、爆発炎上した車輛から数名の生き残りがとび下りて、射線の発源点へ応射を開始する。

タイガーの上で、真城はそれを見た。

殺戮者はドイツ軍の軍服を着てヘルメットを被った男であった。それがMG42と思しい機銃を射ちまくりつつ近づいてくる。

イギリス兵はたちまち倒れ、彼らの銃弾は一発も命中していないように見えた。ドイツ兵の足取りが止まらないからだ。

「何だ、あいつは？　不死身か？」

真城の背すじを冷たいものが流れた。

スピットを射ち落とした奴も含めて、あんな連中と戦いたくはない。しかし、それこそ、自分たちの道程の、恐らくは最後の試練として組み込まれているような気が彼にはした。


「出だしは快調だな」

武骨な鉄製の受像器と、そのサイズにしては小さな七インチ・スクリーンの電源を切って、エルヴィン・ロンメル元帥はスチールの骨に布を貼った粗末な椅子の背に身をもたせかけた。

「〝不死の軍団《ウン・シュテルプリッヒ・バタリオン》〟」

このひとことに、ドイツの誇る偉大なる戦略家はあらゆる希望と絶望とを込めた。

「総統の命により甦らせた。だが、あれは本当に総統のお考えなのか――いや、そもあの怪物どもを造り出すための技術は、世界の何処にもないものと聞いておる。我がドイツにおいてをやだ。何処で手に入れられたのか？　あれも、やはり――クトゥルーか……」

無常感が滲み出るような声を噛みしめると、ロンメルは副官を呼んだ。

「エル・アカキールを渡してはならん。反撃の用意は整っておるな？」

「万端です。少々くたびれてはおりますが、士気は盛んです」

副官は返事の中身に皮肉を込めた。

疲労を理由に帰国していたロンメルが、北アフリカ――エル・アラメインでの危機的状況を知ったヒトラー直々の命を受けて戻ったのは七日前――十月二十五日のことである。

エル・アラメイン――小さな鉄道駅が残るばかりのささやかな集落が、ドイツ軍・イギリス軍双方にとっての北アフリカ戦線という譜面に打たれた王手《チェック・メイト》となる。

六月二十一日、トブルクを奪取したロンメルは、その機を逃がさず、撤退する連合軍への追撃に移った。

六月二十九日には、イギリス第8軍の要所＝マルサ・マトルーを攻略。大量の火砲、車輌、軍需物資を確保した上で、さらに連合軍を追った。疲弊し切った敵をアフリカの大地から追放するには、これしかないとロンメルは考えたのである。目指すナイル・デルタとスエズ運河までは一〇〇キロしかない。

対するイギリス軍は、エル・アラメインに最後の防衛線を敷いた。

この低地は海より低く、雨期に降り注ぐ雨が流れこんで涸れ谷や峡谷を作り、車輌の通行を困難にした上、ロンメル得意の、敵陣地を迂回しての後方突破を妨げるのに適した丘陵が、ひしめき合っていたのである。

イギリス・中東方面軍総司令官クロード・オーキンレック大将は、第1、第7機甲師団、英第50歩兵師団、インド第5、第10歩兵師団、南アフリカ第1、第2師団、ニュージーランド第2師団を擁して、ロンメルの北アフリカ軍団を迎え討った。

ロンメルの軍も疲れ切っていた。戦車は計五五輌、歩兵は二千名。イタリア軍のアリエテ、およびリットリオ戦車師団を合計してもプラス七〇輌で、ほとんどは火力、性能でイギリス戦車に劣るM13中戦車でしかなかった。

戦闘は一進一退を繰り返したが、装備で勝るイギリス軍はその劣悪な運用法で勝機を逸し、ロンメルの戦術を得たドイツ軍は敗北を免れたのである。とはいえ、さしものロンメルも物資の圧倒的不利はカバーし難く、追撃は中止、各部隊は陣地を構築して次戦に備えた。

やがて、オーキンレックはチャーチルの不興を買って司令官を解任され、新たな中東方面軍総司令官にはハロルド・アレキサンダー大将が、そして、第8軍司令官には、バーナード・モントゴメリー中将が任命された。

八月三十日の夜、ロンメルは攻勢に出た。第二次エル・アラメイン線の開始である。

結果はまたも引き分けと出た。圧倒的な連合軍側の物量に阻まれて、ロンメルはアラム・ハルファの要所を突破することが出来ず、モントゴメリーもまた、ロンメルの戦術によって、後退するドイツ軍を壊滅し得なかったのである。

この戦いでの損害は、枢軸側の死傷者、捕虜、その他を含めて約三千名、戦車五二輌、火砲三〇門を失い、イギリス軍8軍は、同じく二千名、六六輌、六門と記録されている。

この時点でロンメルはエル・アラメインへの三度目の攻勢は無理と判断し、全軍に陣地の強化を命じた。

彼自身は持病に苦しめられていた。胃カタルと肝臓病である。とどめを刺したのは、戦場で鼻孔に忍びこんできたジフテリア菌であった。ついに九月二十三日、エルヴィン・ロンメルはオーストリアへと転地療養を余儀なくされる。

そして、いま復帰した彼を待っていたのは、喜望峰経由の潤沢な補給を受けて、兵員一九万五〇〇〇名、戦車一三四八輛、予備戦闘車輛一〇〇〇輛を備えるイギリス軍8軍であり、モントゴメリーによる消耗を恐れぬ戦線北翼突破作戦の結果奪取された、ミテイリア高地とキドニー高地に翻る英国旗であった。

たちまちモントゴメリーの狙いを読み取ったロンメルは、より海岸線に近いキドニー高地に危機感を抱いた。

イギリス軍はこの高地を足がかかりに戦線後方へ部隊を送り、こちらの補給線を断った上で、攻撃を集中してくるに違いない。

副官にしてみれば、

「あなたたち指揮官がいない間に、こうなりました」

とでも言いたい気分だったろう。

ロンメルの後任たるゲオルグ・シュツンメ大将は前線の視察中、敵の攻撃を受け、心臓発作で死亡していたのである。

そして、ロンメルは戻って来た。

この偉大なる戦術家は、なんと一度会議を開いたきりで、翌二十六日は終日司令官室に閉じこもり、二十七日に到って、第21装甲師団と砲兵の半分を南から北へ移動させた。

だが、戦いの帰趨《きすう》はどんなに鈍い兵士の眼にも明らかであった。連合軍機は勝手気ままにドイツ軍陣地上を飛び交い、動くものを見れば攻撃をかけてくる。砲撃もひっきりなしだ。対して、こちらはぎりぎりまでお返しを控えなくてはならない。弾薬が乏しいのだ。トブルクやトリポリにはある。だが、補給する手立てがなかった。車はあってもガソリンがなければ、輸送はお手上げだ。第115砲兵連隊第2大隊は、ついに炊事用車輛で二一三ミリ迫撃銃弾を運んだ。三トントラックに一〇発。前線まで三日。後に戦史家のパウル・カレルの言う「貧乏人の戦争」である。

「明日は長い戦いになるぞ。これから前線へ激励に向かおう。車の手配を」

「こ、これから、でありますか⁉」

「都合でも悪いかね？」

「いえ、了解いたしました」

副官は長靴の踵《かかと》を打ち合わせて去った。

「明日か」

ロンメルは、何処か人間離れした表情でつぶやいた。

エルヴィン・ロンメルは名将に違いないが、決して兵士と子供相手のように――過剰な思いやりを持って――接していたわけではない。現にトブルク奪取に際しては、他の将軍たちの意見を無視して攻撃をかけ、結果として千人以上の死者を出し、なお平然としていた。

それでいながら、生き残りの兵士たちの間を辿って肩を叩き、握手をし、話しかける。戦いとはこういうものだと諦観《ていかん》し切った兵たちには決して憎まれないのだ。兵たちに死を命じた司令官は戦場では常にその戦友たちに敬われる名指揮官であった。

だが、今日の視察は誰の眼にもおかしいと映った。

兵士に接する態度は同じなのだが、心ここにあらずなのである。

——本国で何か、トラブルでも？

みなこう考えた。

違う。

ドイツの英雄の心を占めているのは、この世のものではない存在に関する思考であった。

翌日、戦史上に残るエル・アラメインの戦車戦が繰り広げられたとき、ドイツ軍の陣地のどこにも、ロンメルの姿はなかった。

3

天球に張り巡らされた雲は、灰色の波のようにゆれていた。その一部に白い光が浮き上がってくると、雷光が天と地をつないだ。

「ほお、サハラにも雷が落ちるんだ。おれたちへは勘弁してくれよ」

車体の上で、ガルテンスが天を仰いだ。芯から明るい声である。

夜に日をついで走り続けた結果は、あと二時間での終着地点であった。

「いよいよだな、酢？」

かたわらでぼんやりと前方を見つめている中国人は、少し間を置いてから、

「はあ」

　と返した。

「しっかりしろ。可愛い我が子が車長に鞍替えしたくらいで絶望するな」

「違うある」

　間のびした口調であった。ガルテンスは心臓が、どんと鳴るのを覚えた。彼は酢の次を待った。

「あの子を送り届けてから――どうなるか考えたことあるか？」

　ガルテンスはうすく笑った。

「何回か考えたよ。だが、何もわからない。何故、連合軍や自国、同盟国まで敵に廻してこんなところにいるのかさえわからないんだ。今は何も考えていない」

「西洋人――羨ましいねえ。わたし、夜も眠れない。汗びっしょり。どうしてもそのこと考えてしまうね。そしたら不安で不安で死にそうになるあるよ」

「そう言えば、おまえやつれたなあ」

　酢の頬は陥没したように落ちこみ、顔は土気色だ。それを補うように顎は三重四重に垂れ下がって、重病人を思わせる。

「あの子のせいだろうな。その不安とやらも」

「間違いないある。パーゲティも衰弱がひどい。身体もだけど、ここが心配」

　これだけはまだ太い指が、頭の横で廻された。

「ヨグ＝ソトース」

　とガルテンスはつぶやいた。

「邪神たちの中で唯一、この世界とは別の次元に隔離された最大級の大物だ。だが、隔離か幽閉か逃亡なのかはラヴクラフトも記していない。そんな奴の子供だ。そばにいれば誰だっておかしくなるさ」

「そ。誰だって、ね。邪神と契約を結んだ。履行し終えたとき、何が待ってるあるか？」

「さてな」

やや高いところから声がしたので、二人は驚いた。いきなり神様が、と思ったのである。

「いちいちびっくりするな。おまえら神様ノイローゼだな」

おくるみを胸に、器用にキューポラから出て来る真城の姿が二人の胸を明るくした。

「いま、この先のことを話していたのです」

ガルテンスが言った。

「ああ。おれの意見は神任せだ。考えたってはじまらねえ。相手は神様だぞ」

「車長」

ガルテンスが差し出した右手を、真城は握りしめて、

「おっ、同盟国」

と言った。

「赤ん坊――どうあるね？」

酢が、半ばヤケッパチで訊いた。

「なついてると思うが、相変わらずわからん。笑ってるのか怒ってるのか、泣いてるのかもはっきりせん」

「じき終点だとわかってるあるか？」

「訊いてみろ」

「ふん」

そっぽを向いた酢を、訝《いぶか》しげな眼で見て、真城

はガルテンスに、ヤローどうしたんだ？　と訊いた。

「自尊心の問題ですな」

「何だ、それ？」

「母親が性に合ってたってことです」

「ドイツ野郎はまどろっこしいな。おまえ、同盟国だろ。もっとはっきり言えよ」

「あんたは泥棒だ」

「なにィ？」

と歯を剥いてすぐ、意外と繊細なこの職業軍人は事態を呑みこんだ。

呑みこんだはいいが、ぷっ、と噴き出すのをこらえて、

「こら、しっかりせんか。おれもおまえも母親役なんざ出来ん。出来るとすれば、あの――」

女だけだという言葉を真城は抑えた。戦慄が全身を総毛立たせたのである。

――そういえば、あの女は何処へ行きやがった。どうしてだか、いつも近くで見張られてるような気がしてならん。おれが命令するたびに笑われているみたいな気がするぞ。

「こんな質問をしてもいいでしょうか？」

と、ガルテンスが訊いた。

「おお」

受けた途端、雷光が走って、遠くから雷鳴がやって来た。

「怒ってますかね？」

「気にするな。質問してからではないと、いくら神様でも手出しはできまい」

「あの女――シュラナのことです。あれはヨグ＝

ソトースの仲間でしょうか？」

「違う。ヨグ＝ソト――ヨグ氏は、おれたちに連れて行けと言ったんだ。契約書にもそう明記してある。あれは別の神か、その従者だ」

「だとしたら、ヨグ＝ソトースに敵対するものでしょう。なのになぜ、その赤ん坊を殺そうとしなかったのです？」

「あの女に訊け」

ガルテンスはとまどった風に、

「あの女――実はクトゥルーの眷属かとも思ったのですが」

「ふむ」

真城の返事は曖昧であった。

「それにしては、おかしな感じがするのです」

「ふむ――あの赤ん坊を憎んでいるくせに、反面、そうでもなさそうだ、と？」

「――はい」

この日本人、只者じゃないなという表情をドイツ人将校は作った。思わず背筋がのびた。

「面白いな、酢」

真城が、不貞腐《ふてくさ》れ中国兵に話しかけたのは、和解しようという意思が少しはあったものか。

返事はない。真城は構わず話し続けた。

「あの女――恐らくクトゥルーの一派に間違いないが、その心の中をおれやガルテンスに読まれてる。となると、人間に近い――下級の神様ってことになる――うっ!?」

胸を押さえた真城に、ガルテンスと酢が駆けつけた。

「やっぱり、盗聴してやがるな、あの女」

と真城は、もうケロリとした風で、

「大丈夫。心臓に針を刺されただけだ。もう治った。吸血鬼が心臓に杭を打ちこまれると、こうなるのかも知れんな」

「吸血鬼なんてご存知でしたか？」

ガルテンスは眼を剥いた。

「昔、映画を観たんだ。確かアメリカの、ユニバーなんとかいうとこの映画だった。お、『魔人ドラキュラ』だ」

「それなら自分も――ベルリンで観ました」

「おお、同盟国」

「恐縮であります。で、心臓の具合はいかがでしょうか？」

「もう大丈夫だ。しばらく神様の悪口はよすぞ」

「それが賢明と存じます」


ガルテンスは敬礼した。

返そうとして、真城はおくるみを覗きこんだ。

「どうなさいました？」

「どた？」

表情を変える二人へ、

「眼が赤く燃えている。口もぱくぱくだ。焦っていると思う」

「……」

「車内へ戻れ。おい、バロウ――全力疾走だ」

「ずっと疾走中です」

キューポラが応じた。

「何かありましたか？」

真城たちの頭上を、風を切る音がごおと越えて行った。

砂煙が上がったのは、二〇〇メートルも彼方だった。

それでも、地の鳴動は伝わって来た。

「岩だ！　岩がとんで来たあるよ！」

「違う——投擲したんだ」

と真城が背後を見ながら叫んだ。昨日、撃墜されたスツーカとスピットファイアの姿が、脳裡を横切った。

「野郎、追いかけて来やがったか。おい、ガルテンス——後ろへ向いて二発ぶっ放せ。勘でいい」

「了解」

真城がキューポラへ入るや、固定式砲塔が回転した。

「わからん」

おくるみを酢に渡し、真城はゴーグルをつけて耳を押さえた。


「目標十二時。射角四〇——射え」

硝煙が叩きつけられる前にキューポラ内へ身を隠し、すぐに後方へ双眼鏡を向けた。

小さく砂煙が見えた。

一二八ミリ砲も、今度の相手には無効だと、真城には諦めにも似た確信があった。

あいつは破片と衝撃波を浴びながら、時速三〇キロの戦車を平然と追って来る。

空中に黒点が生じた。

ぐんぐん近づいて来る。

「岩だ！　——全員、何かに掴まれ！」

大地が揺れた。

七五トンの鉄塊が跳ね上がる。

右方一〇メートルも外れていない。遠去かる石塊《いしくれ》は、直径五メートルを超す。てっぺんからやられたら、ヤク・タイガーとて、無事では済まされまい。しかも、狙いは正確だ。

「わざと外してやがるな。おい、機銃を射て。二秒でいい。射え」

勿論、命中の保障などはない。バラ撒けば下手な鉄砲でも、の口である。

これが効いたかどうか、以後見えざる敵の投擲はなく、ヤク・タイガーは、なおも稲妻の光る大砂漠を砂塵を蹴散らして前進した。


「あれだ！」

真城が叫んだのは、三時間後であった。

前方——左右数十キロに砂が広がるだけの砂の海の一点に、確かに巨石を組み合わせたと思しい形がそびえていた。

やや蒼さを増した空気は、地平の彼方に走る電光に時折り白く息づいて、ここがおまえたちの物語の最終の一頁だと告げているようだった。

車内でどよめきが上がり、すぐに静かになった。全員がある思いを抱いたのだ。

最終頁には、何と記されるのか？

目的地の名はツドウヴィク。そこに近づくにつれて、戦車を取り巻く空気は重くふさいでいった。

残った距離の半ばほどまで来たとき、バロウが、

「車長——おかしいです」

と声をかけた。

「——ああ。おれもそう思う」

真城の返事の意味は、目的の遺跡が少しも大きく迫って来ないためである。

どうしても、日本の並みの一軒家、二軒分くらいのサイズとしか思えない。

「なんだ、これ？　うちの近所の八幡様の方がでかいぞ」

バロウが解答をよこした。

「蜃気楼《しんきろう》だと思います」

「あれか？　大蛤《はまぐり》が吐いた息か？」

地表の空気の温度が異なる場合、それによる空気密度の違いが原因で光の屈折が生じる。その結果、空中に忽然と楼閣《ろうかく》が出現し、山脈は逆転、遠方のものが近く、近くのものが遠く錯覚される。古くは大蛤の吐息《といき》が形成する幻の絵画だと思われていた。真城の言葉の意味はこれである。

「小《ちい》せえなあ。これがヨグ＝ソトースの神殿か。野郎、自意識過剰じゃねえのか」

堂々と口に出しているうちに、真城は別の事実に気がついた。

「違う、違うぞ」

やがて、タイガーは遺跡から一〇メートルほどの砂上に停止した。

「エンジンはそのまま。全員、車外へ」

一同は石の構造物の前に一列に並んだ。

「なんだ……、これは？」

ガルテンスの肩を借りたパーゲティが、苦鳴のごとく放った。

遺跡を構成するのは、二本の砕けた石柱と、屋根の一部と思しい石塊だけであった。

石柱の太さは直径一〇メートル、高さ二〇メートル、石塊は日本家屋の屋根三つ分。その表面に、走る稲妻が映った。

誰もが、全体が無事だったら、と考えた。

恐らくは、ローマ・ギリシャの巨石文明を凌ぐ一大建造物が、見る者の荒肝をひしいたであろう。七つの丘の頂きにそびえるパルテノン神殿も、トルコの聖ソフィア大聖堂も箱庭としか思えぬ壮大な、しかし、決して華麗とはいえぬ妖異な石の柱と壁が、地中から虚空の果てまでを睥睨《へいげい》していたに違いない。

風と砂が卑小なる人間たちの身体にぶつかって去った。

彼らがよろめかなかったのは、肉体的な問題ではなく、眼前の過去の残滓《ざんし》に、魂まで奪い取られていたせいであった。

第十章　邪神《かみ》よ人間《ひと》よ

1

「こんなものを……誰が……？」

ガルテンスの呻きは全員の思いであった。

いまは二本の石柱と石塊ひとつを残すのみの遺跡は、かつて、太陽がまだ青い星の時代、宇宙の深淵から飛来したものたちが、この世界の物理法則に従っていた時代に、砂漠《サハラ》の万倍を占める大伽藍《がらん》だったのであるまいか。

虚ろな人形の時間が過ぎて、

「こうしていても仕方がない。入るぞ」

と告げてから、真城はおくるみを覗きこんだ。

「さ、いよいよ、おまえの出番だ。後は親父さんに上手くやってもらえ」

黒い山羊そっくりの顔は、無表情に真城を見つめていた。

真城を先頭に、一同は巨大な石柱の間へと足を踏み入れた。それは影の中へ入ることであった。

一切の音が消えた。光はあるのに、一瞬、全員は闇の中に捉われたように錯覚し、バロウはよろめいた。

いた。

「しっかりしろ。赤ん坊に笑われるぞ」

石塊は片方の端を石柱に乗せ、反対側は地面から突き出ているらしかった。

らしかったというのは、ここまでがあまりに遠くて――つまり、石塊のサイズが途方もなくて、識別不能なのである。

「何処まで行くんだ？」

ガルテンスが絶望的な声を絞り出した。

「こりゃ、キロメートル単位だぞ。出入り口すらわからない」

「何処かにあるさ。最初《はな》から愚痴るなよ、ナチ公」

「――失礼ですが、中尉、自分は愚痴ってなどおりません。取り消して下さい」

「やだね」

ガルテンスはバロウの胸ぐらへ手を伸ばしかけて――こらえた。

バロウがにやりとして、

「遠慮するな、と言いたいが、状況は切迫している。喧嘩は後だ」

「ゆっくり決着をつけたいと思います」

ガルテンスが歯を剥いた。

岩が石にぶつかった。音でわかった。重い。音は一同の頭上でした。

「身を隠せ！」

真城が叫んだ。

とび散った石片が降って来た。その後から三抱えもある大石が大地を震わせた。何が起きたのかは明白であった。

「怪我人は――ないな。あいつが来たぞ、急げ！」

真城は足を速めた。

「車長――追手は何者です？」

バロウが訊いた。髪が白い。石片を浴びたのだ。

石をぶん投げて、

「スピットファイアを叩き落とし、英兵を片っ端から射ち殺したからドイツ兵だろう。ガルテンス、心当たりはあるか？」

いかつい顔がうなずいた。手にしたシュマイザーを引きつけながら、

「これは噂話ですが、ナチが政権を取ってすぐ、〈怪物部隊〉とやらの創設を検討、四〇年代に入って中止した、と聞いております」

「何だ、それは？」

「文字どおり、怪物的兵士で構成される部隊と思われます。しかし、いかに総統といえど、そのような存在を生み出す科学力を、我が国はいまだに備えておりません」

「だが、備えていたらしいぞ。少なくともひとり分は。その怪物てのは、どんな力を持っているんだ？」

「これも噂ですが、千馬力の怪力といかなる攻撃も撥ね返す身体、空さえ飛ぶ、と」

「最初と二番目は、本当らしいな」

真城は溜息をついた。

「とにかく、神殿の出入り口を探すことだ。行くぞ」

真城が声を張り上げた。

結局、彼らが巨石の端に辿り着いたのは、それから三十分以上前進した後であった。

だが——歓声は上がらなかった。

「何じゃ、これは？」

と真城が歯を剥き、

「仏滅あるね」

と酢が不貞腐れた。

全員の前には変わらぬ砂漠が眼の届く限り広

がっていたのである。

「また砂か」

酢の肩を借りているパーゲティがつぶやき、

「それと――風」

とガルテンスがつけ加えた。

確かに空で、ごおと唸った。

五〇メートルくらいはあったかも知れない、それくらい離れた砂の上へ、どおん、と落ちて来たのである。

直径五メートルを超す大岩であった。気力を絞り取られていたせいか、全員が尻餅をついた。

「来やがった」

真城がふり向き、うお!?　と放った。

みなも後を追って、大体同じ叫びを上げた。ドイツ陸軍の制服を着た男は、六メートルと離れていなかった。

武器は持っていない。拳銃もホルスターも未装備である。真城は閃いた。こいつだ。スピットファイアを石で撃墜し、戦車をひっくり返し、眼の前の大岩を放り投げたのも、この男だ。

ガルテンスより年上で、もっと頑丈そうな四角い顔は、眼鼻をつけた石像を思わせた。

「車長――こいつですか？」

バロウがシュマイザーを腰だめに構えた。この距離なら眼をつぶっても当たる。

酢とガルテンスもシュマイザーをポイント済みだ。

「おい、ガルテンス――何者だか訊いてみろ」

真城が命じると、ガルテンスが妙な顔つきになって、

「自分が訊いてもよろしいのですか?」

「相手はドイツ語だろう」

「——自分もドイツ語をしゃべっておりますが」

全員が彼を見つめた。

動揺を隠蔽すべく、真城は思いきりでかい声で喚いた。

「えーい、とにかく訊け、莫迦野郎! 同盟国だぞ!」

「承知しました!」

もともとお堅いドイツ軍人は、改めてシュマイザーで狙いをつけてから、

「——おまえは何者だ?」

と訊いた。

返事はすぐあった。

「おまえたちを始末するのは簡単だ。それはわかっているな。その上で要求する。その赤ん坊を渡せ」

「質問に答えろ」

「おまえと同じドイツ軍人だ。ただし、裏切り者ではないぞ、ホフマン・ガルテンス少尉」

石像の唇が、笑いの形に曲がった。

「おまえのことは、ここへ来る前に調査済みだ。あと、日本軍人・真城守、イタリア軍人・ダミアノ・パーゲティ——おまえたちについても、中々詳しいぞ。成程、何もかも捨てて逃げたくなるはずだ。ヨグ=ソトースはそこに付け込んだか。全てを忘れさせてやる、と」

「——どういう意味だ?」

真城が訊いた。彼は右手に九四年式拳銃を握っていた。戦車内にあった品だ。

「教えてやってもいい。いいが——その代わり赤ん坊を貰っていこう」

「この子をどうするつもりだ？」

「総統のご指示に従うだけだ」

「なら死んでも渡せねえな。おまえもそこまで知恵をつけられるなら、この子の親の力も知っているよな。自分の子供の危機を黙って見ていると思うか？　ここは奴の神殿だぞ」

稲妻が閃いた。

男の顔は白く染まった。

「ほーら、おっかねえだろ？」

真城は嫌みたらしく笑った。

「おまえが怪物なのはわかっている。だけどな、相手は神様だぞ。天の高みにいるものへ、地上に這いつくばってる連中が何か出来ると思うのか？　ほらジャンプしてみろや、ナチ公」

男の形相が鬼に化けた。

「何を言う——この×××どもが」

「なにイ？」

真城は聞き耳をたてた。雷鳴が轟いた。近い。

「いま、何と言った、おい？　ギャグって言ったのか？」

男は不意に喉を押さえて後じさった。はっきりと恐怖の相を浮かべて宙を見た。敵——それも途方もないを——探る眼つきだった。

「ほーら、この子の親御さんの凄さがわかったか？　とっとと帰った方が身のためだぞ。ナチ野郎」

男がこちらを向き直るまで、もう少しかかった。石のような顔は恐怖に歪んでいた。嗄れ声で言った。

「だが、私は任務を果たす」

「やめろ、八つ裂きにされるだけだぞ」

「クトゥルーよ、総統と我を守りたまえ」

男が身を屈めて足下の石を拾った。

「射て！」

真城の叫びと同時に、火線が集中した。空薬莢が宙に舞い、銃声に雷鳴が重なって、死の交響を奏でた。

男は左手で眼をカバーしながら右手をふりかぶった。

「伏せろ！」

それを実践した頭上で爆発音が生じた。

男の放った石が石柱に命中したのだ。石柱はその部分で半ば砕け、破片が凄まじい速度で五人を襲った。ヘルメットが凄まじい音を立ててそれを撥ね返し、残りは戦闘服を貫いた。全員が悲鳴を上げた。

「砂漠へ出ろ！　入り口はそっちだ！」

起き上がりながら真城は叫んだ。

「車長——先に行って下さい。後は我々が引き受けます」

バロウが叫び返すや、ふたたびやの斉射が男を包んだ。

「無駄だ！　各自撤退！」

真城はおくるみを覗きこんだ。無事だ——と思う。

まだオモチャを乱射する酢に、男は憐れみさえ感じた。

いま、男の全身は元素の転換によって鋼と化し、戦車砲の直撃さえ撥ね返す。その手が投擲する小石は自らも塵と化しながら、重戦車すら横転させてしまった。鉄のネジでもあれば、重戦車といえど紙細工《はりぼて》と同じだ。いわんや人間など。

赤ん坊を抱いた隊長を逃そうと、残った連中が死に物狂いなのはよくわかった。男は軍人だ。感動は禁じ得ない。だが、総統から命じられた任務は——

右手にはまだ人数分の小石があった。

さて。

彼は人間に運命《さだめ》を与える何者かの気分で右手をふりかぶった。

そのとき——空で音がした。

2

今日は様子がおかしい、とジョージ・バーリングは落ち着かなかった。

正午近くに性懲りもなく飛来したドイツ・イタリア連合爆撃機どもを撃墜すべく飛び立ったのはいいが、三機を落としたところで、雲の中へと飛び込んでしまった。いや、雲の方からやって来たのである。あれから一分余り——いくら飛んでも抜け出せない。

戦闘以外は呑気ものの彼も、さすがにこれはおかしいと不穏な気分に包まれはじめた。

そのとき——

いきなり視界が開けた。

白雲の彼方にあるべき蒼穹は忽然と青黒い世界に変じていった。閃光が眼を白く染めた。

「ここは何処だ？　島は？」

彼の戦場は、紺碧の地中海に浮かぶマルタ島の上空であった。それが――見下ろすと砂漠《サハラ》ではないか。

マルタは何処だ？　どう帰ればいい？

九歳でパイロットを志願して以来、はじめて感じる空での恐怖が、バーリングを金縛りにした。

突然、空も砂漠も消えた。眼が光に灼かれ――暗黒が襲う。

たちまち醒めた。だが、〝マルタの鷹〟と呼ばれた名パイロットは、前の彼ではなかった。その証拠に、これからやるべきことは、誰よりもわかっていた。彼は操縦桿を左に廻した。

――これで良し。

満足が胸を満たした刹那、不安が広がった。

――駄目だ。行ってはならない。

二律背反の感情がせめぎ合い、彼の脊椎に爪をたててゆさぶった。

彼はバーリングではなく、そうではない存在でもなかった。どちらかを選べ、選ばないと――。

地面が迫って来た。


見上げたとき、黒点に過ぎなかったものが、みるみる戦闘機の形を取って接近してくる。

「スピットだ！　伏せろ！」

バロウの声をエンジン音と機関銃の発射音が掻き消し、伏せた真城の両脇を砂煙が走り抜けた。

それは背後の男を包み、地べたへ叩きつけた。

水平飛行に映ったスピットを、真城は眼で追った。

あまりにもタイミングが良すぎる。ヨグ＝ソトースが送り込んだ味方か。それにしても、わざわざ敵国の飛行機とは、神様のやることはわからない。

ますますわからなくなった。

旋回したスピットの二〇ミリ機関砲が火を噴いた。こちらへ⁉

地面が砂煙で埋まった。煙はのびて来る。

「わわわ⁉　てめえ――どちらの味方だ⁉」

ひょっとして――両方かも知れない。

砂煙が！

不意に消えた。真城まで一メートルもなかった。

スピットは左へ旋回して上昇に移ろうとしていた。その後方――やや上空からもうひとつの機影が英軍機を追って行く。

「あれは――」

バロウの呆然とする声に。

「〈零戦《れいせん》〉だ」

真城は答えた。

まさか北アフリカに――サハラのど真ん中に⁉

「スピットか」

と坂井三郎は狭い操縦席でつぶやいた。

それなら何とかなる。ニューギニア上空ですでに撃墜済みだ。性能もよくわかっている。

勝てる。だが——ここは何処だ？　ジャングルと山だらけのニューギニアが、まるで——いや、砂漠に間違いない。

ポートモレスビーから発進した敵機を迎え討つべく上昇したところで、雲が近づいて来た。

まさか、と思ったときには脱けていた。

そしてニューギニアの空は砂漠の上空と化していたのだった。

「一体——何事だ？　ここは何処だ？」

答えを見つける前に、彼は下方にイギリス国空軍マークの入った機体を発見した。

後は戦うしかない。

坂井は急降下に移った。

敵はまだ気づいていない。理想的な攻撃位置と状態だ。勝負は最初の一撃で九〇パーセント決まる。ここでしくじってはならない。

坂井は二〇ミリ機関砲を重視していなかった。地上ならともかく、敵味方が時速五〇〇キロで飛び交う空中では重く大きな砲弾は、風の影響をもろに受けて方向を転じる。機首の七・七ミリこそ主砲だった。

発射！

だが、寸前で敵は気がついた。

右旋回に移ったスピットは、坂井の七・七ミリの連射を空中へ放逐した。旋回は右に傾いたまま滑るように見えた。

「やるな」

坂井は全身に緊張の震えが走るのを覚えた。映画の主人公のように、にやりと笑いたかったが、口元はこわばっていた。これは実戦なのだ。

零戦

背後を取る――格闘戦の目的はそれしかない。その決意を操縦桿にこめて、二人の天才パイロットは互いの後を追いはじめた。

地上は昏迷《こんめい》を極めていた。

「いきなりスピットと思ったが、次は零戦か。砂の下から大和が出て来たって驚かねえぞ」

ようやく砂煙の絶えた地上で、真城は高みを交差する二つの影を見上げていた。

赤ん坊は無事だ。怪物は？　二〇ミリ機関砲を食らってくたばった。拳銃を握った手を支えに上体を起こした。

地面が急に沈んだ。

「大和か!?」

それから二秒ほど、真城はおくるみを抱きしめた後で、地面の下に到着した。意外と衝撃はなく、何百貫もある石塊が落ちて来ることもなかった。

「みな、いるか？」

返事は人数分あった。すべて瀕死か臨終の場のようだ。

神殿の規模は、落ちて良くわかった。

「よく無事だったな」

天井を見上げた。

五〇メートルも上に拳《こぶし》大の穴が開いている。

そこから落下してきたのだ。生命があったのが不思議だった。

次に眼についたのは、床から天井までを埋める石柱群であった。そのどれもに、何かが描かれていた。しかし、それは人間の脳では理解し難い何かであって、類似の対象を記憶の中から探り出すことは不可能であった。

少し離れたところで低い呻きが上がった。パーゲティと酢が眼を押さえてうずくまった。

「柱が」

と、酢が呻いた。

真城にもわかっていた。整然と屹立している石柱が、次の瞬間には前後左右に入れ違い、こちらへ近づいてくるように見えるのだ。いや、柱に描かれたなにものかが。

「少し後に立ってくれ」

真城は立ち上がりさま、おくるみを頭上に掲げた。右足に鋭い痛みが走った。

忽然と石柱は元に戻った。

「効いた。よし——みんなあっちの奥だ！　何とか行くぞ」

　酢とガルテンスがパーゲティを支え、一同は走り出した。ひと足ごとに、全身が冷えていく。地下に溜り満ちる妖気の仕業だった。

　右足の具合がおかしいのを真城は感じた。触れて驚いた。膝から折れている。引きずっているのに、不思議と痛みはなかった。その代わり、異様に身体が重い。ふり向くと全員が水中を行くような足取りであった。

「もう少しだ」

　真城はおくるみに話かけた。

「もう少しでおまえを後継ぎに出来る。その後で何が起きるのか――気にはなるが、契約は履行するぜ」

　突然、呼吸《いき》が止まった。

床の硬さも感じずに倒れた。

　肺と心臓が糸のような呼吸を開始した。

　腕の中でおくるみがもがいた。

　中身が脱け出て行く。

　止める力は真城には残っていない。

　おくるみが剥がれた。

　はじめて、真城はその子の全身を見た。

　鰐の鱗状のものが組み合わさったような皮膚が背中と小さな臀部を覆い、それだけは人間の形と色彩《いろ》を留めた四肢には、青い血管が枝状に走っている。

　這いずっていく姿を見て、真城は安堵を覚えた。

　背後で瓦礫のぶつかる音が鳴った。

「貴様――」

　バロウの驚きの声が、事態を理解させた。

男は、足下の岩を軽々と押しのけて向って来るところだった。スピットの機関砲など、傷痕も留めていない。

バロウのトンプソンとガルテンスのシュマイザー――わずかに遅れて酢のステン・サブが火を噴いた。無効と知れた攻撃であった。

男が右手をふった。鋭い打撃音が全員の身体で上がり、兵たちは仰向けに倒れた。その顔から胸から足から鮮血が噴き出し、その中をのたうつ一同は、みるみる血達磨《ちだるま》となった。

左肩と肺のあたりに灼熱の痛覚を感じながら、突っ伏した頭を誰かが叩いた。

「――!?」

赤ん坊だった。

真城の右手を指差している。奇妙な腕輪があった。

「これか!?」

記憶が閃いた。

赤ん坊と行方不明になったときも、真城は地下へ落ちたのだ。

そこで見た。

巨大な空洞に横たわるものを。

人間の歴史も及ばぬ超古代に、人間以外のものが造り出した兵器。

それはヨグ＝ソトースを討つためか、その敵を滅ぼすために造られた品か。その扱い方も効果も閃いたところを鑑みれば、恐らくは後者だ。

真城の指は腕輪の上をせわしなく這った。

ひょいと、赤ん坊が持ち上げられた。

あの男だった。

「おまえたちは、じきに死ぬ。もうこの子に用はあるまい。総統と偉大なクトゥルーの下に届けるとしよう」

腕輪がもぎ取られた。それを放り投げ、男は背を向けた。

「おお、この先には偉大なるクトゥルーより恐ろしいものの気がわだかまっておる。くわばらくわばら」

「待て……この野郎」

真城は後を追おうと、石の床に爪をたてた。

「その子をこの奥へ連れていくまで、契約は履行されねえんだ。いや、どんな赤ん坊だって——親以外に渡せやしねえ。おい、ヒトラー——チョビ髭オヤジ——子供を戦争に使うんじゃねえぞ」

胸の熱がひと息に喉まで駆け上がった。


眼の前の床に赤い塊りが砕けて不気味な形に広がった。

「待て、この野郎」

男は立ち止った。

爆発しそうな心臓を駆りたてて真城はそいつの足にしがみついた。

「置いてけ、この野郎。子供は親のところへ届けるんだ」

「邪魔だ」

あっさりと蹴り上げられた。仰向けに倒れた喉もとへ、男は長靴《ブーツ》を持ち上げた。

踏み下ろす寸前、別の手ががしがみついた。半顔を血に染めたバロウとガルテンスだった。

「返せ」

「ヤンキーと売国奴めが」

一〇〇キロの巨体が二つ、軽々と宙を飛んで、石塊《いしくれ》に激突した。

その両足に酢とパーゲティがしがみついた。

「待つあるね」

「子供を返せ」

「チャイナ野郎とイタ公か――くたばれ！」

無駄だった。二人ともバロウの後を追った。

男は地面に落ちたシュマイザーMP40を拾った。

「面倒だ。これで決着《けり》をつけてやろう」

引き金に指をかけ、男は銃口を真城に向けた。

重さ四キロ超の鉄塊がふわと消滅した。

男の肩越しに伸びて来た繊手《せんしゅ》が、銃身に触れた――それだけで。

愕然とふり向いた。少し離れたところに、たおやかなターバン姿がひっそりと微笑んでいた。眼だけで。

「お、おまえは！」

男の声と表情には、何かを察した畏怖《いふ》の響きがあった。

女が何か言った。倒れた真城の耳にもその一部が届いた。何かは頭の中で激しく回転した。

女の手が二メートルも伸びた。赤ん坊はスムーズに譲られた。ちら、と見て、

「醜いよね」

それから、

「あなたは近々、総統と会えるわ。ゆっくりと来世のナチのことでも話し合いなさい。そうそう報告は――総統、自分は何ひとつ為し得ませんでした、よ」

男は夢のように消えた。

女は真城の前に立った。

「私が何処にいたかは――わかっているな？」

と訊いた。

「ああ――おれの内部《なか》とは、な。下宿代を徴収するぞ」

息も絶え絶えの声であった。真城は震えた。女が脱け出て行った感覚を思い出したのである。他の連中は、床や石塊を血に染めたきり動かない。

「あんた――何者だ？」

真城は訊いた。返事は期待していなかった。第一、女はしゃべってなどいなかったのだ。声は頭の中に意思の形でやって来た。

「以心伝心ってやつか――ヨグ＝ソトースの一味か？　それともクトゥルーの？」

「私はヨグの妻だ」

「なに？」

真城は呆気に取られた。

「神様に女房が――いてもおかしくはねえな」

イザナギにはイザナミが。ゼウスにはヘラがいる。邪神においてをやだ。

「夫は私を恐れていた。自分でこの子を神殿に届けず、おまえたちに託したのは、私の眼から逃すためだった。だが、私は、最初からそれを見抜いていた」

「じゃあ、あれか？　この子はあんたの子か？　ならどうしてこんなまどろっこしいことを？」

訊き終えてから、頭の中で銅鑼《どら》が打ち鳴らされた。

「待てよ――神様同士の子がここまで人間に似

てるはずがねえ。そうか、その子の母親は——、またダンウィッチを繰り返したか。やるなあ、ヨグ＝ソトース」

女の眼が光ったような気がした。

白い手指《てゆび》が、真城の顔に触れた。

その刹那——思い出した。ヨグ＝ソトースと結んだ契約の内容を。

ニューギニアのテミという、人口一五〇人足らずの村に、英軍のスパイが逃げ込んだ。その村の出身者だと連絡が入り、見つけ出せなければ村人全員を殺せと命じられた。本部からの指令などというのは大概がそんなものだ。

戦車隊の責任者は真城ではなかったが、その責任者は戦車の機銃で皆殺しにしろと命じた。彼は優しい男だった。


村人の中から自白者は出ず、密告する者もいなかった。

「そうだ、おれは射った」

切れ目なく続く銃撃に、広場に集められた村人は、逃げまどいながら倒れた。男も女も老人も子供も区別はなかった。

死体を始末しろと真城は命じた。意識ははっきりしていた。燃料がかけられ、村人は燃え上がった。幾つか悲鳴が上がった。女と子供のようだった。すぐに消えたが、真城の耳には、いつまでも残った。

——ヨグ氏から誘いがあったとき、おれはその記憶を消してくれと望んだのだ。

女は横転したバロウのかたわらに移動して、その喉に手を当てた。

バロウは眼を開けた。死者の眼であった。

「自分はフィリピンで日本兵の捕虜を一〇〇名以上、殺害した」

彼はぶつぶつとつぶやいた。

「マッカーサーは、バターンで持久戦を展開した。多くの日本兵が捕虜となった。彼らの志気はそれでも高く、自分の上官は、収容所内の暴動と反撃を怖れて、自分に全員射殺するよう命じた。自分は単なる一中隊の長に過ぎなかった。彼は通りすがりに自分に眼をつけ、気楽にそう命じただけなのだ。誰でも良かったのだ。自分はとまどったが、上官の命には逆らえない。それに日本人を憎んでもいた。だから、収容所の中庭に整列させて、四方から機銃を打ちこんだ。あっという間だった。地面は血をよく吸いこまず、赤い海の中に日本兵たちは横たわった。死に切れずに痙攣している兵もいた。私は手ずから彼らにとどめを差して廻った。とんでもないことをしたと思ったのは、その晩、士官食堂へ行き、周りの連中から向けられた視線と表情に気づいたからだった」

三人目はパーゲティだった。

戦車部隊へ配属される前、彼は陸軍の特殊部隊の一員であった。部隊の目的は暗殺である。シシリアの殺人組織で子供の時から訓練を積んで来た彼は、各地に潜んだ連合軍スパイが発見されるや、ナイフ一本でその喉を掻き切って廻った。

ある日、ミラノにある本部の地下に、連合軍のスパイとその援助者たちが一〇〇人以上集められ、パーゲティたちが喉を切って処分するよう指示が与えられた。スパイたちは全員、後ろ手に手錠をかけられ、ひざまずいて運命の時を待っていた。誰も手を下したがらず、くじを引いた。パーゲティが当たった。一〇〇人の喉を、彼は十本のナイフを取っ替え引っ替え切り裂いていった。どの喉からも勢いよく、血が噴き出した。最後のひとりは頭から黒いマスクを被っていた。そいつが倒れると、上官が現われ、マスクを取れと命じた。下から出て来たのは、パーゲティの弟の顔であった。そのとき、パーゲティは、自分が何をしたのか悟った。広い地下室は血の臭いに満たされつつあった。

酢は、実は重慶の医者の息子だった。連日、日本軍の爆撃が敢行され、おびただしい死傷者が酢の病院にも送られて来た。頭から脳がはみ出した女学生、内臓を露出した少年、四肢を失った老人etcetc……

すぐに麻酔が尽きた。それだけで生きているような患者たちは、切れた後の断末魔の中で、殺してくれと酢にすがりついた。酢には拒めなかった。どうせ死ぬなら、楽に――この思い、医師が決して抱いてはならぬ思いが、その日の注射の回数に拍車をかけた。六五人目に射とうとした少女が、やめてと哀願した。彼女は死を望んでいなかったのだ。

――ひょっとしたら、これまでの患者の中にも。

こう思った瞬間、酢は誰も知らない土地で暮らそうと決心した。

そしてガルテンスの番だった。

「私は、一九四一年の八月に、ポーランドのオシフィエンチム市にいた。アウシュヴィッツだ。強制収容所のある場所だ。後から後からユダヤ人たちはやって来た。聞いたところでは、年に一万三千から六千人来る予定だそうだ。

列車で送り込まれると、彼らはすぐ、二つの班に分けられた。

頑健そうで労働に使えそうな生き残り組と、それ以外のガス室組だ。ガス室組に待ち時間などなかった。その場でシャワーを浴びると、ガス室へ送られた。私の任務は、天井の穴からチクロンBの缶を投げ入れ、観察窓から内部を覗くことだった。医者たちが一緒だった。自分も彼らも写真を撮った。あれはどうなるのだろう？　ドイツが勝てば堂々と公表されるのか？　あのとき、私は我ら祖国は敗北すべきだと思った。気が狂えばいいと思ったが、最後まで狂えなかった」


「やめてくれ……忘れたかった……永遠に忘れさせてくれる――それがヨグ＝ソトースとの契約だったんだ」

バロウだった。巨漢の眼からは涙が流れていた。

「子供は連れて来たある。なのに、なぜ、思い出させた？　女房が恐ろしいあるか、ヨグ＝ソトース？　この腰抜けめ」

酢の罵倒《ばとう》に憎しみだけが詰まっていた。

「子供は私が預かる。そして、夫と千匹の黒い子山羊たちの前で嬲りものにした挙句に、八つ裂きにしてやろう」

「やめろ」

真城は両手を伸ばした。彼の手は何も出来なかった。白い女の手がそれをまとめて掴み、軽々と放り投げた。

今度は効いた。激痛が真城を痙攣させた。

女が通路の奥へと歩き出した。遠くなる足音を、真城は諦めにくるまって聞いた。

そのとき、女の肩越しに、小さな顔と手が覗いた。ずいと身を乗り出した身体は、真城の方へ両手を差しのべて来た。

不気味な唇が奇怪な音を発した。

真城はそれを理解できた。

助けて、小父ちゃん、助けて。

救いを求めているのだった。

——待ってろ。

と呼びかけてから、

——いいところへ放り出してくれたぜ、千匹の子山羊のお袋さん。

彼は右手を伸ばした。

女と子供の方へではなく、反対側の奥へ。指はある腕輪を掴んでいた。この神殿が、昨日、さまよって地下通路と通じていることに、彼は何故か気づいていた。

この通路の彼方にそびえるものよ、いまその役目を果たせ。

真城は叫んだ。

「イア、シュブ＝ニグラス！」

うす緑の帯のようなものが、真城の鼻先をかすめて女の全身に巻きついた。

——ヨグ＝ソトース——この日のために用意した武器なのか？　いや、それとも——おまえか？　おまえの腕か？

女はのけぞり、ふりほどこうと身悶えした。

その姿が空気に溶けていくにつれ、形容しがたい不気味で哀しげな動物の合唱が湧き上がってきた。

シュブ＝ニグラス、千匹の子山羊の母よ。

女は消えた。同時に合唱もやんだ。

大きく息を吸って、真城は彼方へ去ったものに呆れた。

亭主が人間の女に産ませた子供を呪いに来たのか？　それなら何故、最初から八つ裂きにしなかった？

思いあたる節がないでもない。

「亭主を愛してたのか？　だから、その血を分けた子を……すぐには始末できなかったのか？」

ここまで来てしまったのは、夫への憎しみと愛情に苛まれての結果だろうか。

「神様も、おれたちとあんまり変わらねえな」

地面に赤ん坊がいる。泣き声ひとつたてなかった。

「坊主——かどうかわからねえが、ここから先はひとりで行きな。もう邪魔する者はねえ」

赤ん坊は、四つん這いでこちらを眺めていた。

醜悪な顔に、どこか悲しそうな翳があった。

「行けよ。おれたちは多分、しんどい思いを抱きながら死ななきゃならん。仕方がねえ。てめえのやらかしたことだ。けどな。一応、おまえの親父さんとの約束は守ったぜ。契約は履行した、と思う。出来たら、それだけは伝えてくれや」

黒い小さな顔に、真城は笑いかけた。筋肉は動いたが、笑いの形になったかどうかわからない。

赤ん坊は背を向けた。

ゆっくりと、しかし、力強く這い去っていく。

「よっしゃ」

真城は大の字になった。終わったという気分だった。

神様同士の痴話喧嘩のために、おれたちはここまで来たのか？　イギリス軍、ドイツ軍、イタリア軍、オアシスの連中、あの怪物野郎——みんなそんなくだらねえことのために死んでいったのか？　どこか途方もなく虚しかったが、すぐにその思いも消えた。

——やるだけのことはやった。

真城は微笑した。

これで死ねればカッコいいと思ったが、そうはいかなかった。身体は冷たく、呼吸は細く長くなったが、意識はしっかりものだった。

「おい、生きてるか？」

声もでかい。

全員から返事があった。

「おまえらも救われねえな」

真城は苦笑した。

それから、

「なあ、聞けや。おれたちはおかしな戦争をしてた。そこで少し考えた。ヨグ＝ソトースとクトゥルーとあの女——

あいつらがその気になれば、戦争なんて簡単に終わるんじゃねえかってな？　どうして止《と》めねえんだ？」

「彼らのせいじゃないからです」

ガルテンスの声であった。

「人間がはじめた戦争に首を突っ込む必要はないでしょう。大体、神様は昔から何もしないものです」

「そらそうだ」

と真城は納得した。

「自分は同国人を殺しました。自分でしたことは諦めがつきます。これが神様にさせられたというのでは、死んでも死にきれません」

「自分はオアシスで子供を射ち殺しました」

バロウであった。

「故郷のバーモントには、同じくらいの息子がいます。何もかも神様のせいにしたいけれど、そうはいきません」

酢らしい声が、

「――私もそうある。生まれ変わっても、また同じことしでかす気がするある。人間、変わらないあるよ」

「同感だ」

パーゲティも言った。

「また戦争へ行って、今度は敵兵の首をこっそり掻き切るだろうな」

「おい、聞けや」

と真城は言った。

「昨日か一昨日か覚えてないが、おれは変な夢を見た。この戦争もいつか終わる、一応な。そのとき、どこかの国が、永遠に戦争はやりませんという憲法を制定するんだ。勿論、他所の国の戦争には一切関与しない。軍隊は持たないから、海の向こうへ派兵することもねえ。そもそも兵隊がいねえんだからな。そして、憲法の最後の一項にはこう記されるんだ。『あやまちは繰り返しませんから』ってな」

少しして、バロウが呻くように、

「もしも、そんな憲法が作れたら、それは世界一素晴らしい国です」

と言った。

「ですが――夢ですよ」

「おれもそう思う」

と真城はうなずいた。

急に意識が遠ざかかった。

――来たな
と思った。不思議と心残りはなかった。

「けれど、あの子が神様を継いだら、世界はどうなるあるか?」

酢の言葉だとわかったが、真城にはもう返事が出来なかった。

最後の意識は、

――ざまあ見やがれ、クトゥルー
であった。


平成二十七(二〇一五)年、真城守は東京世田谷の自宅で、静かに息を引き取ることになる。百三歳の長寿であった。

息子夫婦や孫たちに見送られての安らかな旅立ちであった。通夜の場で、息子はこう語る。

「戦地から戻って来たとき、父はあらゆる記憶を失っていました。何もかも忘れて頑張ると言って、本当にそうした。父も僕たちも幸せでした」

それは途中で記憶を甦らせるという「契約違反」を犯した〈神〉の、せめてもの償いであったものか。

米独伊中で、同じような最後をとげた老人たちがいたかどうかはわからない。

（完）

＊参考文献

『戦場の歴史』（ジョン・マクドナルド著・松村 赳監訳／河出書房新社）
『戦場の歴史2』（ジョン・マクドナルド著・松村 赳監訳／河出書房新社）
『ロンメル戦記』（山崎 雅弘／学研M文庫）
『ロンメルとアフリカ軍団戦場写真集』（広田 厚司／光人社）
『パンター戦車戦場写真集』（広田 厚司／光人社）
『ドイツ突撃砲&駆逐戦車戦場写真集』（広田 厚司／光人社）
『ドイツ戦闘車両戦場写真集』（広田 厚司／光人社）
『黒騎士物語』（小林源文／GENBUN MAGAZINE編集室）
『陸軍機甲部隊』〈歴史群像〉太平洋戦史シリーズ25（学習研究社）
『WORLD TANK MUSEUM』（モリナガ・ヨウ／大日本絵画）
『ドイツ軍用銃パーフェクトバイブル』（学習研究社）
『帝国陸海軍小銃　拳銃画報』（HOBBY JAPAN）
『図説／ティーガー重戦車　パーフェクトバイブル』（学習研究社）

『北アフリカ戦線』第二次大戦欧州戦史シリーズ（学習研究社）
『北アフリカ戦線 1940～1943』歴史群像シリーズ11（学習研究社）
『砂漠のキツネ』（パウル カレル著・松谷 健二訳／中央公論新社）
『激闘戦車戦』（土門 周平・入江 忠国／光人社NF文庫）
『ナチス・ドイツの特殊兵器』（小橋 良夫／銀河出版）
『戦車隊よもやま物語』（寺本 弘／光人社NF文庫）
『なぜアメリカは、対日戦争を仕掛けたのか』（ヘンリー・S・ストークス著・加瀬 英明訳／祥伝社新書）
『大空のサムライ』上下（坂井三郎／講談社＋α文庫）
『坂井三郎の零戦操縦』増補版（世良 光弘／並木書房）
『W・W・II戦車隊エース』（斎木 伸生／光栄）
『アウシュヴィッツの医師たち／ナチズムと医学』（F・K・カウル著・日野 秀逸 訳／三省堂）
『クトゥルー神話事典』（東 雅夫／学研M文庫）
『ラヴクラフト全集』1～5（大西 尹明・宇野 利泰・大滝啓裕訳／創元推理文庫）
『ちょっとお茶目なパリ・ファッション』（ミレーヌ大福／パリ書房第一）
『最新基本地図　世界　日本』（帝国書院　最新基本地図）

あとがき

本編執筆前に、アイディアは二つありました。

ひとつは、これ。

二つ目は、ニューギニアの森林地帯を舞台にして日本の九五式軽戦車（37ミリ砲！）と、偏屈や変わり者ばかり集められた乗員や一歩兵が、ヨグ＝ソトースの遺跡を求めて右往左往する物語でした。

戦車や乗員の人種とキャラクターを除けば、設定はほとんど同じです。

最初はジャングル戦の方が舞台の変化があって派手になると思いましたが、砂漠にはオアシスもあるし洪水を起こしたり（相手はクトゥルーでやんす）したら、十分イケると思ってぼうぼうと広がる砂の海を舞台に決めました。ま、砂漠での戦いというのは一種の海戦だという説もあるくらいです。

時代的にアフリカで展開中の戦いとなると、いわゆる北アフリカ戦線ですが、これは、地中海に面したアフリカ北部でのみ行われ、主人公たちとはあまり関係ありません。勿論、クトゥルーの意を受けた指揮官たちの命令一下、枢軸・連合国双方の軍隊が追尾してくるのは当然でありますが、ロンメルとモントゴメリーがその知恵を絞り、おびただしい兵たちが砂と乾きにまみれて繰り広げた死闘とは天と地の差があります。

そうなったのは、私がやはり戦後すぐに生を受けたせいでしょう。生々しい話はあまり気が乗らないのです。

戦争とは、絶対悪――個人は国のために生命を捨てる必要は一切ない、と今でも思っています。だから、現在の状況は少々不安なのですが、読者のみなさんは、そんな云々よりも、国際色豊かな登場人物たちのやり取りや、まだ存在しないヤク・タイガーの活躍をお楽しみ下さい。

それにしても、資料を読むたびに、記録映画のＤＶＤを見るたびに、戦争は途方もない消耗戦だという思いを強くします。いつか、経済的な面に光を当てた架空戦記を書いてみたいと思いますが、どうでしょう。

次回書き下ろしは大空を舞台にした

『魔空零戦隊』。

海魔クトゥルーはどうでるか、ご期待くださいませ。イタカもバイアクヘーも出てこないよー。

なお、本篇執筆中に、名古屋のクトゥルー盟友・大野博之氏からあの『キャビン』を提供いただきました。

感想は、

「こんな面白いもの、オレに断りもなく」

であります。大野氏には心からお礼を。映画の製作者には猛省を促したいと思います。

平成二十六年　四月某日
「キャビン」(20−2)を観ながら

菊地秀行

P・S　真城守のモデルは三船敏郎であります。

《好評既刊》

邪神金融道

菊地　秀行

本体価格：1600円＋税
ISBN：978-4-7988-3001-8
版 型：四六ソフトカバー
内容紹介：

社員の誰ひとり顔を知らない謎の社長が経営するＣＤＷ金融。そこで働く「おれ」がラリエー浮上協会に融資した5000億の回収を命じられ、神々の争いに巻き込まれていく。「ＣＤＷ金融」の初出は1999年に出版された「異形コレクション・ＧＯＤ」。『本書は私しか書けっこない、世界で一番ユニークなクトゥルー神話に間違いない！』(あとがきより）。

クトゥルー・ミュトス・ファイルズ
The Cthulhu Mythos Files

ヨグ＝ソトース戦車隊

2014年7月1日　第2刷

著者

菊地 秀行

発行人

酒井 武史

発行所　株式会社　創土社
〒165-0031　東京都中野区上鷺宮5-18-3
電話 03-3970-2669　FAX 03-3825-8714
http://www.soudosha.jp

印刷　株式会社シナノ

ISBN978-4-7988-3015-5　C0293
定価はカバーに印刷してあります。

クトゥルー・ミュトス・ファイルズ
The Cthulhu Mythos Files
近刊予告

『クトゥルフ少女戦隊』

山田 正紀

5億4000万年まえ、突如として生物の「門」がすべて出そろうカンブリア爆発が起こった。このときに先行するおびただしい生物の可能性が、発現されることなく進化の途上から消えていった。

これはじつは超遺伝子「メタ・ゲノム」が遺伝子配列そのものに進化圧を加える壊滅的なメタ進化なのだった。いままたそのメタ進化が起ころうとしている。怪物遺伝子《ジーン・クトゥルフ》が発言されようとしている。おびただしいクトゥルフが表現されようとしている。この怪物遺伝子をいかに抑制するか。発現したクトゥルフをいかに非発現型に遺伝子に組み換えるか？

そのミッションに招集された現行の生命体は三種、敵か味方か遺伝子改変されたゴキブリ群、進化の実験に使われた実験マウス（マウス・クリスト）、そして人間未満人間以上の四人のクトゥルフ少女たち。その名も、絶対少女、限界少女、例外少女、そして実存少女サヤキ……。クトゥルフと地球生命体代表選手の壮絶なバトルが「進化コロシアム」で開始された！

これまで誰も読んだことがないクトゥルフ神話と本格ＳＦとの奇跡のコラボ！　読み出したらやめられない、めくるめく進化戦争！